近三百年名家詞選

龍榆生 編選

四川人民出版社

编 ▲ 選、后浪

图书在版编目（CIP）数据

近三百年名家词选 / 龙榆生编选. -- 成都 : 四川
人民出版社, 2024. 10. -- ISBN 978-7-220-13769-3

Ⅰ. I222.84

中国国家版本馆CIP数据核字第2024YU4829号

JINSANBAINIAN MINGJIACIXUAN

近三百年名家词选

著　　者	龙榆生 编选
选题策划	后浪出版公司
出版统筹	吴兴元
编辑统筹	梅天明　宋希於
特约编辑	暮　影　李子谦
责任编辑	彭　炜
装帧制造	墨白空间·张　萌
营销推广	ONEBOOK
营销编辑	张抿抿
出版发行	四川人民出版社（成都三色路238号）
网　　址	http://www.scpph.com
E - mail	scrmcbs@sina.com
印　　刷	北京盛通印刷股份有限公司
成品尺寸	143mm×210mm
印　　张	7.75
字　　数	160千
版　　次	2024年10月第1版
印　　次	2024年10月第1次
书　　号	978-7-220-13769-3
定　　价	85.00元

凡　例

一、本編體例，略依《唐宋名家詞選》，各家並綴小傳，間採諸
　　家評語。

二、詞家先後，以生年爲主，其不悉生年者，略依科第或交遊
　　爲次。

三、本編特種標識，以“、”表豆，“·”表句，“◎”表平韻，“△”
　　表仄韻。

四、本編取材，除諸家專集及其他史傳、詞話外，於譚氏《篋
　　中詞》、葉氏《廣篋中詞》採錄特多，兩書舊有刊本，可資
　　參閱。

目　録

陳子龍

點絳脣　春日風雨有感

滿眼韶華，東風慣是吹紅去。幾番煙霧，只有花難護。　夢裏相思，故國王孫路。春無主！杜鵑啼處，淚染胭脂雨。

浣溪沙　楊花

百尺章臺撩亂飛，重重簾幕弄春暉，憐他飄泊奈他飛。　淡日滾殘花影下，軟風吹送玉樓西，天涯心事少人知！

【評】王士禎①曰：不著形相，詠物神境。（《陳忠裕全集》）

訴衷情　春遊

小桃枝下試羅裳，蛺粉鬬遺香。玉輪碾平芳草，半面惱紅妝。　風乍暖，日初長，裊垂楊。一雙舞燕，萬點飛花，滿地斜陽。

【評】王士禎曰：弇州謂：“清真能作景語，不能作情語。”至大樽而情景相生，令人有後來之歎。（同前）

---

① 原作“正”，新版并用“禎”“禛”，今統改作“禎”。

謁金門　五月雨

鶯啼處，搖蕩一天疎雨。極目平蕪人盡去，斷紅明碧樹。費得鑪煙無數，只有輕寒難度。忽見西樓花影露，弄晴催薄暮。

【評】鄒祇謨曰：縹緲澹宕，全見用筆之妙。（同前）

畫堂春　雨中杏花

輕陰池館水平橋，一番弄雨花梢。微寒著處不勝嬌，此際魂銷。　憶昔青門隄外，粉香零亂朝朝，玉顏寂寞淡紅飄。無那今宵！

【評】王士禎曰：嫣然欲絕！（同前）

醉桃源　題畫

朱闌清影下簾時，泠泠修竹低，滿園空翠拂人衣，流鶯無限啼。　蓮葉小，荇花齊，雨餘雙燕歸。紅泉一帶過橋西，香銷午夢餘。

【評】鄒祇謨曰：秦、黃佳處，有句可摘，大樽覺無句可摘，總由天才神逸，不許他人掎摭也。（同前）

山花子　春恨

楊柳迷離曉霧中，杏花零落五更鐘。寂寂景陽宮外月，照殘紅。　蝶化綵衣金縷盡，蟲銜畫粉玉樓空。惟有無情雙燕子，舞東風！

【評】陳廷焯曰：淒麗近南唐二主，詞意亦哀以思矣。（《白雨齋詞話》卷三）

少年遊　春情

滿庭清露浸花明，攜手月中行。玉枕寒深，冰綃香淺，無計與多情。　奈他先滴離時淚，禁得夢難成。半晌歡娛，幾分憔悴，重叠到三更！

【評】鄒祗謨曰：詞不極情者，未能臻妙如此。朦朧宛折，應稱獨絕。（《陳忠裕全集》）

江城子　病起春盡

一簾病枕五更鐘。曉雲空，捲殘紅。無情春色，去矣幾時逢？添我幾行清淚也，留不住，苦恩恩。　楚宮吳苑草茸茸。戀芳叢，繞遊蜂。料得來年，相見畫屏中。人自傷心花自笑，憑燕子，罵東風。

【評】陳廷焯曰：綿邈悽惻。（《白雨齋詞話》卷三）

上陳子龍詞九首，錄自王昶輯本《陳忠裕全集》附《詩餘》。

【小傳】

陳子龍字臥子，松江華亭人。生有異才，工舉子業，兼治詩、賦、古文，取法魏、晉，駢體尤精妙。崇禎十年（一六三七）進士，選紹興推官，以定亂功擢兵科給事中。命甫下而京師陷，乃事福王於南京。屢進諫，不聽，乞終養去。子龍與同邑夏允彝皆負重名，允彝死，子龍念祖母年九十，不忍割，遁爲僧。尋以受魯王部院職，結太湖兵欲舉事，事露，被獲，乘間投水死。（《明史》本傳）時爲永曆元年（一六四七），距生萬曆三十六年（一六〇八），年四十。清乾隆間，追謚忠裕。有《陳忠裕全集》，後附詩餘一卷。子龍詞原有湘真閣、江蘺檻兩種，早經散佚。今所傳爲王昶輯本。武進趙氏彙刻明詞，亦曾收入。詞學衰於明代，至子龍出，宗風大振，遂開三百年來詞學中興之盛，故特取冠斯編。

【集評】

沈雄曰：大樽文宗兩漢，詩軼三唐，蒼勁之色，與節義相符。乃湘真詞一集，風流婉麗如此！傳稱河南亮節，作字不勝羅綺；廣平鐵石，賦心偏愛梅花。吾於大樽益信。（《明詞綜》引《古今詞話》）王士禎曰：大樽諸詞，神韻天然，風味不盡，如瑤臺仙子獨立却扇時；而湘真一刻，晚年所作，寄意更綿邈悽惻。（《明詞綜》卷六引）

李 雯

菩薩蠻 　憶未來人

薔薇未洗胭脂雨，東風不合催人去。心事兩朦朧，玉簫春夢中。　斜陽芳草隔，滿目傷心碧。不語問青山，青山響杜鵑。

【評】譚獻曰：亡國之音。(《篋中詞》一)

虞美人 　春雨

簾纖斷送茶䕷架，衣潤籠香罷。鷓鴣啼處不開門，生怕落花時候近黃昏。　豔陽慣被東君妒，吹雨無朝暮。絲絲只欲傍妝臺，卻作一春紅淚滿金杯！(《篋中詞》，"妝臺"作"妝樓"，"一春"作"一江"，"金杯"作"金罇"。)

【評】譚獻曰：《九辨》之遺。(《篋中詞》一)

鵲踏枝 　落葉

慘碧愁黃無氣力，做盡秋聲，砌滿闌干側。疑是紗窗風雨入，斜陽又送棲鴉急。　不比落花多愛惜，南北東西，自有人知得。昨夜小樓寒四壁，半堆金井霜華白。

【評】譚獻曰：客子畏人。(《篋中詞》一)

風流子　送春（篋中詞下有“同芝麓”三字。）

誰教春去也？人間恨，何處問斜陽？見花褪殘紅，鶯捎濃綠，思量往事，塵海茫茫。芳心謝，錦梭停舊織，麝月嬾新妝。杜宇數聲，覺餘驚夢；碧欄三尺，空倚愁腸。　東君拋人易，回頭處，猶是昔日池塘。留下長楊紫陌，付與誰行？想折柳聲中，吹來不盡；落花影裏，舞去還香。難把一樽輕送，多少暄涼。

【評】譚獻曰：同病相憐。（《篋中詞》一）

浪淘沙　楊花

金縷曉風殘，素雪晴翻，爲誰飛上玉雕闌？可惜章臺新雨後，踏入沙間！　沾惹忒無端，青鳥空銜，一春幽夢綠萍閒。暗處消魂羅袖薄，與淚輕（《篋中詞》作“偷”）彈。

【評】譚獻曰：哀於墮溷。（《篋中詞》一）
上李雯詞五首，錄自《蓼齋詞》。

【小傳】

李雯字舒章，江南華亭人，明萬曆三十六年（一六〇八）生。少與陳子龍、宋徵輿齊名，稱“雲間三子”。順治初，廷臣交薦雯才可用，授弘文院撰文、中書舍人，充順天鄉試同考官。以父喪歸，順治四年（一六四七）卒。著有《蓼齋集》，附詞一卷。

吳偉業

生查子　旅思

一尺過江山，萬點長淮樹。石上水潺潺，流入青谿去。　六月北風寒，落葉無朝暮。度樾與穿雲，林黑行人顧。

浣溪沙　閨情

斷頰微紅眼半醒，背人驀地下階行，摘花高處賭身輕。　細撥熏鑪香繚繞，嫩塗吟紙墨敧傾，慣猜閒事爲聰明。

【評】譚獻曰：本色詞人語。（《篋中詞》一）

臨江仙　逢舊

落拓江湖常載酒，十年重見雲英，依然綽約掌中輕。燈前纔一笑，偷解砑羅裙。　薄倖蕭郎憔悴甚，此生終負卿卿。姑蘇城上月黃昏。綠窗人去住，紅粉淚縱橫。

【評】陳廷焯曰：哀豔而超脫，直是坡仙化境。（《白雨齋詞話》卷三）

滿江紅　蒜山懷古

沽酒南徐，聽夜雨江聲千尺。記當年阿童東下，佛貍深入。

白面書生成底用？蕭郎裙屐偏輕敵。笑風流北府好談兵，參軍
客。　人事改，寒雲白。舊壘廢，神鴉集。儘沙沈浪洗，斷戈殘
戟。落日樓船鳴鐵鎖，西風吹盡王侯宅。任黃蘆苦竹打寒潮，
漁樵笛。

【評】譚獻曰：澀於稼軒。（《篋中詞》一）

賀新郎 病中有感

萬事催華髮！論龔生天年竟夭，高名難沒。吾病難將醫藥
治，耿耿胸中熱血。待灑向西風殘月。剖卻心肝今置地，問華
佗解我腸千結。追往恨，倍凄咽。　故人慷慨多奇節。爲當年沈
吟不斷，草間偷活。艾灸眉頭瓜噴鼻，今日須難決絕。早患苦
重來千疊。脫屣妻孥非易事，竟一錢不值何須說！人世事，幾
完缺？

【評】陳廷焯曰：賀新郎一篇，梅村絕筆也。悲感萬端，自怨自艾。
千載下讀其詞，思其人，悲其遇，固與牧齋不同，亦與芝麓輩有別。
（《白雨齋詞話》卷三）
上吳偉業詞五首，錄自《梅村詩餘》。

【小傳】

吳偉業字駿公，號梅村，江南太倉人。明萬曆三十七年（一六〇
九）生。弱冠，舉崇禎辛未（一六三一）科會試第一，廷試第二，官
至少詹事。與馬士英、阮大鋮不合，假歸。清世祖聞其名，力迫入都，
累官國子監祭酒。以病乞歸，康熙十年（一六七一）卒。偉業尤長於

詩，少時才華豔發，後經喪亂，遂多悲涼之作，論者方之庾信。著有
《綏寇紀略》《梅村家藏稿》《梅村詩餘》《秣陵春雜劇》等書。

【集評】

陳廷焯曰：吳梅村詞，雖非專長，然其高處有令人不可捉摸者，
此亦身世之感使然。又曰：梅村高者，有與老坡神似處。（《白雨齋詞
話》卷三）

曹 溶

薄倖 題壁

綠楊絲縎。勒馬處一程雲棧。慢佇想安排此夜，知入誰家淚眼？試說與宿雨餐沙，三秋禁斷閒簫管。更止酒新盟，攀花密祝，青鬢偎人不煖。　向有限關河裹，偏只見悲歡聚散。記粉巾鴛字，歌裙鳳縷，尋思誤把歸期緩。不干緣淺。要迷蹤困影，山尖海角填情滿。自歡自惜，莫負風亭月館。

上曹溶詞一首，《靜惕堂詞》未載，錄自譚氏《篋中詞》。

【小傳】

曹溶字秋岳，一字潔躬，號倦圃，浙江秀水人。明萬曆四十一年（一六一三）生。崇禎進士，考選御史。順治初，起用河南道御史，督學順天，累遷戶部侍郎，左遷廣東右布政使。遭喪歸里。服除，補山西按察副使，備兵大同。丁憂不復出。康熙中，舉博學鴻詞，以疾辭。薦修《明史》，亦不赴。康熙二十四年（一六八五）卒。家富藏書，工詩、詞。朱彝尊尊纂《詞綜》，即多從其家藏宋人遺集中錄出，蓋浙西詞派之先河也。著有《靜惕堂詩詞集》。

今釋澹歸

小重山　得程周量民部詩，卻寄。

落落寒雲曉不流。是誰能寄語？竹窗幽。遠懷如畫一天秋。鐘徐歇，獨自倚層樓。　點點鬢霜稠。十年山水夢，未全收。相期人在別峯頭。閒鷗意，煙雨又扁舟。

滿江紅　大風泊黃巢磯下

激浪輸風，偏絕分乘風破浪。灘聲戰冰霜競冷，雷霆失壯。鹿角狼頭休地險，龍蟠虎踞無天相。問何人喚汝作黃巢？真還謗。　雨欲退，雲不放。海欲進，江不讓。早堆塊一笑，萬機俱喪。老去已忘行止計，病來莫算安危帳。是鐵衣著盡著僧衣，堪相傍。

水調歌頭　憶翠巖霽色

好雨正重九，不上海山門。螺巖卻憶絕頂，霽色滿乾坤。少得白衣一箇，贏得翠鬟千疊，羅立似兒孫。獨坐可忘老，何用更稱尊。　龍山會，南徐戲，共誰論？古今畫裏，且道還有幾人存？便拂六銖石盡，重見四空天墮，此處不交痕。遠水吞碧落，斜月吐黃昏。

八聲甘州　臥痾初起，將還丹霞，謁別孝山。

算軍持頻挂到於今，已是十三年！便龍鍾如許，過頭挂杖，緩步難前。若箇喚春歸去，高柳足啼鵑。有得相留戀，也合翛然。　況復吟箋寄興，似風吹萍聚，欲碎仍圓。只使君青鬢，霜雪又勾連。歎人間支新收故，儘飛塵赴海不能填。重相惜，後來還得，幾度相憐？

風流子　上元風雨

東皇不解事，顛風雨吹轉海門潮。看煙火光微，心灰鳳蠟；笙歌聲咽，淚滿鮫綃。吾無恙，一爐焚柏子，七盌覆松濤。明月尋人，已埋空谷；暗塵隨馬，更拆星橋。　素馨田畔路，當年夢應有金屋藏嬌。不見漆燈續燄，蔗節生苗。儘翠繞珠圍，寸陰難駐；鐘鳴漏盡，抔土誰澆？問取門前流水，夜夜朝朝。

【評】葉恭綽曰：痛切！（《廣篋中詞》一）
上今釋澹歸詞五首，錄自清初丹霞寺原鈔本《遍行堂詞》。

【小傳】

今釋澹歸俗姓金氏，名堡，字道隱，浙江杭州人。明崇禎庚辰（一六四〇）進士。戊子（一六四八）詣肇慶，謁永明王，授禮科給事中，抗直不畏強禦。桂林破，薙髮爲僧，住韶州丹霞山寺。《南疆逸史》載其行事頗詳。生於萬曆四十二年（一六一四），康熙十九年（一六八〇）卒，年六十七。所著《遍行堂集》，清初曾刊版行世，旋遭禁燬，丹霞寺亦被其災。往歲予客嶺南，於謝英伯處，獲觀全集四十卷原鈔本，附詞三卷，未刊行，曾錄副分載《詞學季刊》。（原鈔

《遍行堂詞》，予已捐獻上海圖書館。）武進趙氏擬收入《惜陰堂彙刻明詞》，未果。王昶《明詞綜》錄其詞二首，但題今釋，字澹歸，亦未詳其爲誰氏也。

宋 琬

蝶戀花　旅月懷人

月去疏簾纔幾尺。烏鵲驚飛，一片傷心白。萬里故人關塞隔，南樓誰弄梅花笛？　蟋蟀燈前欺病客。清影裵回，欲睡何由得？牆角芭蕉風瑟瑟，生憎遮掩窗兒黑。

【評】譚獻曰：憂讒。（《篋中詞》一）

破陣子　關山道中

拔地千盤深黑，插天一綫青冥。行旅遠從魚貫入，樵牧深穿虎穴行，高高秋月明。　半紫半紅山樹，如歌如哭泉聲。六月陰崖殘雪在，千騎宵征畫角清，丹青似李成。（李營丘有《關山圖》。）

上宋琬詞二首，錄自《二鄉亭詞》。

【小傳】

宋琬字玉叔，號荔裳，山東萊陽人。明萬曆四十二年（一六一四）生。順治四年（一六四七）進士，授戶部主事，累遷永平兵備道、寧紹台道。族子因宿憾，誣其與聞逆謀，下獄三年。久之得白，流寓吳、越間，尋起四川按察使，康熙十二年（一六七三）卒。琬詩入杜、韓之室，與施閏章齊名，有“南施北宋”之目。著有《安雅堂集》及《二鄉亭詞》，吳廷熹氏收其詞①入《石蓮庵山左人詞》中。

---

① “其詞”二字原缺，據新版補。

宋徵輿

小重山

春流半繞鳳凰臺。十年花月夜，汎金柅。玉簫嗚咽畫船開。清風起，移櫂上秦淮。　客夢五更回。清砧迎塞雁，渡江來。景陽宮井斷蒼苔。無人處，秋雨落宮槐。

踏莎行

錦幄銷香，翠屏生霧，妝成漫倚紗窗住。一雙青雀到空庭，梅花自落無人處。　回首天涯，歸期又誤。羅衣不耐東風舞。垂楊枝上月華明，可憐獨上銀牀去！

【評】譚獻曰：何減馮、韋?（《篋中詞》一）

憶秦娥　楊花

黃金陌，茫茫十里春雲白。春雲白，迷離滿眼，江南江北。　來時無奈珠簾隔，去時著盡東風力。東風力，留他如夢，送他如客。

【評】譚獻曰：身世可憐。（《篋中詞》一）

蝶戀花

寶枕輕風秋夢薄。紅斂雙蛾，顛倒垂金雀。新樣羅衣渾棄卻，猶尋舊日春衫著。　偏是斷腸花不落。人苦傷心，鏡裏顏非昨。曾誤當初青女約，祇今霜夜思量著。

【評】譚獻曰：悱惻忠厚。（《篋中詞》一）

玉樓春　燕

雕梁畫棟原無數，不問主人隨意住。紅襟惹盡百花香，翠尾掃開三月雨。　半年別我歸何處？相見如將離恨訴。海棠枝上立多時，飛向小橋西畔去。

【評】譚獻曰：探喉而出。（《篋中詞》一）
上宋徵輿詞五首，錄自《篋中詞》。

【小傳】

宋徵輿字直方，一字轅文，松江華亭人。明萬曆四十六年（一六一八）生。順治進士，官至副都御史。爲諸生時，與陳子龍、李雯等倡幾社，以古學相砥礪。其詩以博贍見長，聲譽亞於子龍。康熙六年（一六六七）卒。著有《林屋詩文稿》。

屈大均

紫萸香慢　送雁

恨沙蓬偏隨人轉，更憐霧柳難青。問征鴻南向，幾時暖返龍庭？正有無邊煙雪，與鮮飈千里，送度長城。向幷門少待白首牧羝人，正海上手攜李卿。　秋聲，宿定還驚，愁裏月不分明。又哀筇四起，衣砧斷續，終夜傷情。跨羊小兒爭射，恁能到白蘋汀？儘長天遍排人字，逆風飛去，毛羽隨處飄零，書寄未成。

【評】葉恭綽曰：聲情激楚，噴薄而出。（《廣篋中詞》一）

長亭怨　與李天生冬夜宿雁門關作

記燒燭雁門高處，積雪封城，凍雲迷路。添盡香煤，紫貂相擁夜深語。苦寒如許！難和爾，淒涼句。一片望鄉愁，飲不醉壚頭駝乳。　無處問長城舊主，但見武靈遺墓。沙飛似箭，亂穿向草中狐兔。那能使口北關南，更重作幷州門戶？且莫弔沙場，收拾秦弓歸去。

【評】葉恭綽曰：縱橫排盪，稼軒神髓。（《廣篋中詞》一）

夢江南四首

　　悲落葉，葉落落當春。歲歲葉飛還有葉，年年人去更無人，紅帶淚痕新。

　　悲落葉，葉落絕歸期。縱使歸來花滿樹，新枝不是舊時枝，且逐水流遲。

　　清淚好，點點似珠勻。蛺蝶情多元鳳子，鴛鴦恩重是花神，怎得不相親？

　　紅茉莉，穿作一花梳。金縷抽殘蝴蝶繭，釵頭立盡鳳凰雛，肯憶故人姝？

【評】況周頤曰："且逐水流遲"五字，含有無限悽惋，令人不忍尋味，卻又不容已於尋味。第三、四首哀感頑豔，亦復可泣、可歌。（《蕙風詞話》五）　葉恭綽曰：一字一淚。（《廣篋中詞》一）
上屈大均詞六首，錄自《道援堂詞》。

【小傳】

　　屈大均初名紹隆，字翁山，又字介子，廣東番禺人。明崇禎三年庚午（一六三〇）九月初五日生。初爲諸生，[①]棄去爲浮屠，名今種，字一靈，一字騷餘。中年返初服。工詩，高渾兀奡，與陳恭尹、梁佩蘭並[②]稱"嶺南三大家"。清康熙三十五年丙子（一六九六）五月十六日卒。[③]著有《廣東新語》《道援堂集》等書[④]。其《翁山詩外》末附《騷屑》二卷，有康熙刊本及清季國學扶輪社排印本。武進趙氏《惜陰堂

---

① "明崇禎三年"至"初爲諸生"，原爲"明諸生。遭亂"。
② "並"字原缺。
③ "清康熙"一句，原作"生卒年月待考"。
④ 此處原有"語觸忌諱，多遭禁燬，傳本甚稀"。

彙刻明詞》題作《道援堂詞》，流傳絕少。[①]王昶《明詞綜》錄一靈詞七首，未注明爲屈氏，亦非其傑構也。大均嘗北走燕、趙，慨然有復興明室之志，與一時名俊，酬唱亦多。近人朱孝臧題其詞集云："湘真老，斷代殿朱明。不信明珠生海嶠，江南哀怨總難平，愁絕庾蘭成！"（《彊邨語業》卷三）於所舉清代諸名家，即以大均冠首，亦足見其傾挹之至矣。

①　"其《翁山詩外》"至"流傳絕少"，原作"其《道援堂詞》亦稱《騷屑詞》，武進趙氏曾刊入《惜陰堂彙刻明詞》內。刻成，未及印布"。

王夫之

青玉案　憶舊

桃花春水湘江渡，縱一艇，迢迢去。落日頹光搖遠浦。風中飛絮，雲邊歸雁，盡指天涯路。　故人知我年華暮，唱徹灞陵回首句。花落風狂春不住。如今更老，佳期逾杳，誰倩啼鵑訴？

更漏子　本意

斜月橫，疏星炯，不道秋宵真永！聲緩緩，滴泠泠，雙眸未易扃。　霜葉墜，幽蟲絮，薄酒何曾得醉！天下事，少年心，分明點點深。

清平樂　詠雨

歸禽響暝，隔斷南枝徑。不管垂楊珠淚迸，滴碎荷聲千頃。　隨波賺殺魚兒，浮萍乍滿清池。誰信碧雲深處，夕陽仍在天涯？

玉樓春　白蓮

娟娟片月涵秋影，低照銀塘光不定。綠雲冉冉粉初勻，玉露泠泠香自省。　荻花風起秋波冷，獨擁檀心窺曉鏡。他時欲與問歸魂，水碧天空清夜永。

蝶戀花 衰柳

爲問西風因底怨？百轉千回，苦要情絲斷。葉葉飄零都不管，回塘早似天涯遠。 陣陣寒鴉飛影亂。總趁斜陽，誰肯還留戀？夢裏鵝黃拖錦線，春光難借寒蟬喚。

惜餘春慢 本意

似惜花嬌，如憐柳嬾，前月峭寒深護。從今追數，雨雨風風，總是被他輕誤。便與揮手東風，閒愁拋向，綠陰深處。也應念曲岸數枝新柳，不禁飛絮。 爭遣不燒燭留歡，暗邀花住？坐待啼鶯催曙。怕燕子歸來，定巢棲穩，不解商量細語。未擬攀留長久，乍雨乍晴，絲來無據。待荷珠露滿，梅丸黃熟，任伊歸去。

【評】葉恭綽曰：宛轉關情，心灰腸斷。(《廣篋中詞》一）

綺羅香

讀《邵康節遺事》，屬纊之際，聞戶外人語，驚問所語云何？且云：“我道復了幽州。”聲息如絲，俄頃逝矣！有感而作。

流水平橋，一聲杜宇，早怕雒陽春暮。楊柳梧桐，舊夢了無尋處。拚午醉日轉花梢，甚夜闌風吹芳樹？到更殘月落西峯，泠然胡蜨忘歸路。 關心一絲別墅，欲挽銀河水，仙槎遙渡。萬里閒愁，長怨迷離煙霧。任老眼月窟幽尋，更無人花前低訴。

君知否？雁字雲沈，難寫傷心句。

【評】葉恭綽曰：纏綿往復，忠厚之遺。（《廣篋中詞》一）

摸魚兒　東洲桃浪（《瀟湘小八景詞》之三）

翦中流白蘋芳草，燕尾江分南浦。盈盈待學春花麗，人面年年如故。留春住，笑幾許浮萍，（《船山遺書》本作“笑浮萍輕狂”，於律未協，茲從《廣篋中詞》所採。）舊夢迷殘絮。棠橈無數。儘泛月蓮舒，留仙裙在，載取春歸去。　佳麗地，仙院迢遙煙霧，浥香飛上丹戶。醮壇珠斗疎鐙映，共作一天花雨。君莫訴！君不見桃根已失江南渡。風狂雨妒。便萬點落英，幾灣流水，不是避秦路！

【評】葉恭綽曰：故國之思，體兼騷、辨。船山詞言皆有物，與並時批風抹露者迥殊，知此方可以言詞旨。（《廣篋中詞》一）

蝶戀花

嶽峯遠碧（《瀟湘十景詞》之六）　自衡陽北三十里，
至湘潭南六十里，嶽峯淺碧，宛轉入望。

見說隨帆瞻九面。碧藕花開，朵朵波心現。曉月漸飛金碧顫，晶光返射湘江練。　誰遣迷雲生絕巘？蒼水仙蹤，霧鎖靈文篆。帝女修眉愁不展，深深未許人間見。

又

銅官戍火（《瀟湘十景詞》之八）　銅官浦在長沙北三十里。蘆汀遠岸，
水香生於始夜。漁鐙戍火，依微暮色間，如寒星映水。

打鼓津頭知野戍。萬里歸舟，認得雲中樹。日落長沙天已
暮，寒煙獵火中原路。　何處停橈深夜語？江黑雲昏，莫向天涯
去。舊是杜陵飄泊處，登山臨水傷心句。

又

君山浮黛（《瀟湘十景詞》之十）　湖光極目，至君山，始見一片青芙蓉，浮
玻璃影上。自此出洞庭，與江水合。謝朓所云："大江流日夜，客心悲未央"者，
於焉始矣。湖南清絕，亦於此竟焉。

渺渺扁舟天一瞬。極目空清，祇覺雲根近。片影參差浮復
隱，琉璃淨挂青螺印。　憶自嬴皇相借問，堯女含嚬，蘭珮悲荒
燐。淚竹千竿垂紫暈，賓鴻不寄蒼梧信。

上王夫之詞十一首，錄自《船山遺書》本《鼓棹初、二集》及《瀟湘
怨詞》。

【小傳】

　　王夫之字而農，號薑齋，湖南衡陽人。明萬曆四十七年（一六一九）
生。舉崇禎壬午（一六四二）鄉試。曾走桂林，依桂王，圖恢復。旋知
事不可爲，遂決計老牖下，浪遊郴、永、漣、邵間，最後歸衡陽之石船
山，築土室曰"觀生居"，學者稱船山先生。竄伏窮山，四十餘年，一歲
數徙其居，故國之戚，生死不忘。（以上參考李元度《國朝先正事略》卷
二十七《經學傳》。）清康熙三十一年（一六九二）卒，年七十四。著作
至道光、同治間，始傳於世。湘鄉曾氏彙刊爲《船山遺書》三百二十四

卷，附《鼓棹初、二集》及《瀟湘怨詞》。其詞雖音律多疏，而芳悱纏綿，愴懷故國，風格遒上。朱孝臧題云："蒼梧恨，竹淚已平沈。萬古湘靈聞樂地，雲山韶濩入悽音，字字楚騷心。"（《彊邨語業》卷三）所謂傷心人別有懷抱，真屈子《離騷》之嗣響也！

徐　燦

踏莎行

　　芳草纔芽，梨花未雨，春魂已作天涯絮。晶簾宛轉爲誰垂？金衣飛上櫻桃樹。　　故國茫茫，扁舟何許？夕陽一片江流去。碧雲猶疊舊山河，月痕休到深深處！

【評】譚獻曰：興亡之感，相國愧之。(《篋中詞》五)

永遇樂　病中

　　翠帳春寒，玉墀雨細，病懷如許！永晝惜惜，黃昏悄悄，金博添愁炷。薄倖楊花，多情燕子，時向瑣窗細語。怨東風一夕無端，狼藉幾番紅雨。　　曲曲闌干，沈沈簾幕，嫩草王孫歸路。短夢飛雲，冷香侵佩，別有傷心處。半煖微寒，欲晴還雨，消得許多愁否？春來也！愁隨春長，肯放春歸去？

【評】譚獻曰：相國加膝墜淵，愆咎自積，此詞殊怨。(《篋中詞》五)

又　舟中感舊

　　無恙桃花，依然燕子，春景多別。前度劉郎，重來江令，往事何堪說？近水殘陽，龍歸劍杳，多少英雄淚血！千古恨，河山如許，豪華一瞬抛撇。 白玉樓前，黃金臺畔，夜夜只留明月。休笑垂楊，而今金盡，穠李還銷歇。世事流雲，人生飛絮，都付斷猿悲咽。西山在，愁容慘黛，如共人淒切。

【評】譚獻曰：外似悲壯，中實悲咽①，欲言未言。（《篋中詞》五）

唐多令 感懷

玉笛摩清秋，紅蕉露未收。晚香殘莫倚高樓。寒月多情憐遠客，長伴我，滯幽州。 小苑入邊愁，金戈滿舊遊。問五湖那有扁舟？夢裏江聲和淚咽，頻灑向，故園流。

上徐燦詞四首，錄自《拙政園詩餘》。

【小傳】

徐燦字湘蘋，江蘇長洲人，海寧陳之遴妻。之遴爲明崇禎進士，官中允。入清，累官弘文院大學士，加少保。坐結黨營私，以原官發遼陽居住。尋召還，以賄結內監吳良輔論斬，免死流徙，卒於徙所。燦善屬文，並精書、畫。填詞得北宋風格。著有《拙政園詩餘》。南陵徐氏收入《小檀欒室彙刻閨秀詞》中。朱孝臧題云：“雙飛翼，悔殺到瀛洲。詞是易安人道韞，可堪傷逝又工愁？腸斷塞垣秋。”（《彊邨語業》卷三）蓋深惜之也。

---

① “悲咽”新版作“悽咽”。

彭孫遹

生查子　旅夜

薄醉不成鄉，轉覺春寒重。鴛枕有誰同？夜夜和愁共。　夢好卻如真，事往翻如夢。起立悄無言，殘月生西弄。

【評】譚獻曰：唐調。（《篋中詞》一）

柳梢青　感事

何事沈吟？小窗斜日，立遍春陰。翠袖天寒，青衫人老，一樣傷心。　十年舊事重尋，回首處山高水深。兩點眉峯，半分腰帶，憔悴而今！

【評】譚獻曰：不嫌太盡。（《篋中詞》一）

少年遊　席上有贈

花底新聲，尊前舊侶，一醉盡生平。司馬無家，文鴛未嫁，贏得是虛名。　當時顧曲朱樓上，煙月十年更。老我青袍，誤人紅粉，相對不勝情！

【評】譚獻曰：自然湊泊。（《篋中詞》一）

臨江仙 遺信

青瑣餘煙猶在握，幾年香冷巾簀。此生爲客幾時休？殷勤江上鯉，清淚溼書郵。 欲向鏡中扶柳鬢，鬢絲知爲誰秋？春陰漠漠鎖層樓，斜陽如弱水，只管向西流。

上彭孫遹詞四首。錄自《延露詞》。

【小傳】

彭孫遹字駿孫，號羨門，又號金粟山人，浙江海鹽人。明崇禎四年（一六三一）生。順治己亥（一六五九）進士。康熙己未（一六七九），召試博學鴻詞，以第一人授編修。歷官吏部左侍郎，兼掌院學士。工詩，尤善填詞，爲王士禎所推重。（《先正事略》卷三十九《文苑》）康熙三十九年（一七〇〇）卒。著有《松桂堂集》《延露詞》《金粟詞話》等書。其詞多寫豔情，特工小令，有"吹氣如蘭彭十郎"（朱孝臧《彊邨棄稿》）之目。

【集評】

陳廷焯曰：彭羨門詞，意境較厚，但不甚沈著，仍是力量不足。（《白雨齋詞話》卷三）

李天馥

憶王孫　春望

妒春良夜愛春朝，花外紅樓卷絳綃。極目香塵舊板橋。路迢迢，不見歸鞍見柳條！

【評】譚獻曰：人意中語。（《篋中詞》一）

上李天馥詞一首，錄自《篋中詞》。

【小傳】

李天馥字湘北，號容齋，安徽合肥人。明崇禎八年（一六三五）生。七歲能詩，有神童之目。清順治進士，由庶吉士累擢戶部左侍郎，調吏部，以揚清激濁爲己任。官至吏部尚書、武英殿大學士。康熙三十八年（一六九九）卒，諡文定。著有《容齋集》。

孔尚任

鷓鴣天

院靜廚寒睡起遲，秣稜人老看花時。城連曉雨枯陵樹，紅帶春潮壞殿基。 傷往事，寫新詞，客愁鄉夢亂如絲。不知煙水西村舍，燕子今年宿傍誰？

【評】譚獻曰：哀於麥秀。（《篋中詞》一）
上孔尚任詞一首，錄自《桃花扇傳奇》。

【小傳】

孔尚任字聘之，山東曲阜人。清順治五年戊子（一六四八）生①。康熙二十三年甲子（一六八四）授國子監博士②，累官戶部員外郎。五十七年戊戌（一七一八）卒③。博學有文名，通音律，撰《闕里新誌》，著有《岸塘文集》《湖海詩集》《會心錄》等書。尤以《桃花扇傳奇》最負盛名，與洪昇《長生殿》並稱，一時有"南洪北孔"之目。

---

① "清順治"一句原缺，據新版補。
② "康熙二十三年甲子（一六八四）"原作"康熙間（一六六二——一七二二）"。
③ "五十七年"一句原缺，據新版補。

毛奇齡

荷葉杯

五月南塘水滿，吹斷，鯉魚風。小娘停櫂濯纖指，水底，見花紅。

浪淘沙

杉木爲簰竹作艣，江潮能苦雨能甜。連朝只飲艣頭雨，翻道江潮錯著鹽。

南鄉子

藤菜暖，荔枝乾，青岭河畔碧魚餐。願絞桄榔皮裏肉，炊烏木，暫與小郎充晚腹。

長相思二首

長相思，在春晚。朝日瞳瞳熨花暖。黃鳥飛，綠波滿。雀粟銜素璫，蛛絲斷金翦。欲著別時衣，開箱自展轉。

長相思，在秋節。複斗垂垂怨蜻蜒。錦紋砧，素絲鑷。夢苦見參星，關深落楡葉。欲識夫婿寒，花階映微雪。

相見歡

花前顧影翩翩，水中人，水面殘花片片繞人身。 私自整，
紅斜領，茜兒巾。卻訝領開巾裏刺花新。

南柯子 　淮西客舍接得陳敬止書，有寄。

驛館吹蘆葉，都亭舞柘枝。相逢風雪滿淮西，記得去年殘
燭照征衣。 曲水東流淺，盤山北望迷。長安書遠寄來稀，又是
一年秋色到天涯。

【評】譚獻曰：北宋句法。（《篋中詞》一）
上毛奇齡詞七首，錄自《毛翰林詞》。

【小傳】

毛奇齡字大可，又名甡，字初晴，學者稱西河先生，浙江蕭山人。
明天啓三年（一六二三）生。清康熙十七年（一六七八）舉博學鴻詞，
授翰林院檢討，預修《明史》。告歸，康熙五十五年（一七一六）卒。
著書數百卷。精音律，工詩詞，有《毛檢討詞》傳世，收入《西河全
集》。（參閱《國朝先正事略》卷三十二《經學傳》）朱孝臧題云："爭
一字，鵝鴨惱春江。脫手居然新樂府，曲中亦自有齊梁，不忍薄三
唐。"（《彊邨語業》卷三）奇齡小令學《花間》，兼有南朝樂府風味，
在清初諸作者，又爲生面獨開也。

【集評】

陳廷焯曰：西河經術湛深，而作詩卻能謹守唐賢繩墨，詞亦在五
代、宋初之間；但造境未深，運思多巧；境不深尚可，思多巧則有傷
大雅矣。（《白雨齋詞話》卷三）

陳維崧

醉太平　江口醉後作

鐘山後湖，長干夜烏。齊臺宋苑模糊，剩連天綠蕪。　估船運租，江樓醉呼。西風流落丹徒，想劉家寄奴。

點絳脣　夜宿臨洺驛

晴髻離離，太行山勢如蝌蚪。稗花盈畝，一寸霜皮厚。　趙魏燕韓，歷歷堪回首。悲風吼，臨洺驛口，黃葉中原走。

卜算子　阻風瓜步

風急楚天秋，日落吳山暮。烏桕紅梨樹樹霜，船在霜中住。　極目落帆亭，側聽催船鼓。聞道長江日夜流，何不流儂去？

好事近
夏日史蘧庵先生招飲，即用先生喜余歸自吳閶過訪原韻。

分手柳花天，雪向晴窗飄落。轉眼葵肌初繡，又紅敧欄角。　別來世事一番新，只吾徒猶昨。話到英雄失路，忽涼風索索。

清平樂　夜飲友人別館，聽年少彈三絃。

簷前雨罷，一陣淒涼話。城上老烏啼啞啞，街鼓已經三打。　漫勞醉墨紗籠，且娛別院歌鐘。怪底燭花怒裂，小樓吼起霜風。

南鄉子　邢州道上作

秋色冷幷刀，一派酸風捲怒濤。並馬三河年少客，粗豪，皂櫟林中醉射雕。　殘酒憶荊高，燕趙悲歌事未消。憶昨車聲寒易水，今朝，慷慨還過豫讓橋。

虞美人　無聊

無聊笑撚花枝說，處處鵑啼血。好花須映好樓臺，休傍秦關蜀棧戰場開。　倚樓極目添愁緒，更對東風語：好風休簸戰旗紅，早送鱘魚如雪過江東！

醉落魄　詠鷹

寒山幾堵，風低削碎中原路。秋空一碧無今古。醉袒貂裘，略記尋呼處。　男兒身手和誰賭？老來猛氣還軒舉。人間多少閒狐兔？月黑沙黃，此際偏思汝。

【評】陳廷焯曰：聲色俱厲，較杜陵“安得爾輩開其羣，驅出六合梟鸞分”之句，更爲激烈。（《白雨齋詞話》卷三）

夜遊宮　秋懷四首

耿耿秋情欲動，早噴入霜橋笛孔。快倚西風作三弄。短狐悲，瘦猿愁，啼破豕。　碧落銀盤凍，照不了秦關楚隴。無數蛩吟古磚縫。料今宵，靠屏風，無好夢。

秋氣橫排萬馬，盡屯在長城牆下。每到三更素商瀉。湜龍樓，暈鴛機，迷爵瓦。　誰復憐卿者？酒醒後槌牀悲詫。使氣筵前舞甘蔗。我思兮，古之人，桓子野。

箭與饑鴟競快，側秋腦角鷹愁態。駿馬妖姬秣燕代。笑吳兒，困雕蟲，矜細欬。　齷齪誰能耐？總一笑浮雲睥睨。獨去為傭學無賴。圯橋邊，有猿公，期我在。

一派明雲薦爽，秋不住碧空中響。如此江山徒莽蒼。伯符耶？寄奴耶？嗟已往。　十載羞厮養，孤負煞長頭大顙。思與騎奴遊上黨。趁秋晴，蹋蓮花，西嶽掌。

【評】陳廷焯曰：字字精悍，正如干將出匣，寒光逼人。（《白雨齋詞話》卷三）

唐多令　春暮半塘小泊

水榭枕官河，朱欄倚粉娥，記早春欄畔曾過。關著綠紗窗一扇，吹鈿笛，是伊麼？　無語注橫波，裙花信手搓，悵年光一往蹉跎。賣了杏花挑了菜，春縱好，已無多！

師師令　汴京訪李師師故巷

宣和天子，愛微行坊市。有人潛隱小屏紅，低唱道香橙纖指。夜半無人鶯語脆，正綠窗風細。　如今往事消沈矣！悵暮雲千里。含情試問舊倡樓，奈門巷條條相似。頭白居人隨意指，道斜陽邊是。

過澗歇　顯德寺前看楓葉

嵐翠濃於草鞋夾，繞坡細流，瀿瀿暗通苔雪。谷聲逴，下落亂泉聲裏，愀悄如相答。此間景，純得關仝巨然法。　寺松三百本，雨溜蒼皮，霜彫黛甲，禿榦爭敧壓。笑語同遊：黃葉鳴簷，丹楓裹寺，如何不荷埋身錙？

鵲踏花翻　春夜聽客彈琵琶，作《隋唐平話》。

雨滴梅梢，雪消蕙葉，入春難得今宵暇。倩他銀甲淒清，鐵撥縱橫，聲聲迸碎鴛鴦瓦。依稀長樂夜烏啼，分明溢浦鄰船話。　腕下，多少孤城戰馬，一時都作哀湍瀉。今日黑闥營空，尉遲杯冷，落葉浮清瀟。百年青史不勝愁，兩行銀燭空如畫。

滿江紅　秋日經信陵君祠

席帽聊蕭，偶經過信陵祠下。正滿目荒臺敗葉，東京客舍。九月驚風將落帽，半廊細雨時飄瓦。柏初紅偏向壞牆邊，離披打。　今古事，堪悲詫。身世恨，從牽惹。倘君而尚在，定憐余也。我詎不如毛薛輩，君寧甘與原嘗亞？歎侯嬴老淚苦無多，如鉛瀉。

【評】陳廷焯曰：慨當以慷，不嫌自負。如此弔古，可謂神交冥漠。（《白雨齋詞話》卷三）

水調歌頭　詠美人鞦韆

昨夜湔裙罷，今日意錢回。粉牆正亞朱戶，其外有銅街。百丈同心綵索，一寸雙文畫板，風颭繡旗開。低約腰間素，小摘鬢邊牌。　翩然上，掠綠草，拂蒼苔。粉裙欲起未起，弄影惜身材。忽趁臨風回鶻，快作點波新燕，糝落一庭梅。向晚半輪玉，隱隱照遺釵。

夏初臨

本意（癸丑三月十九日，用明楊孟載韻。）

中酒心情，拆綿時節，菅騰剛送春歸。一畝池塘，綠陰濃觸簾衣。柳花攪亂晴暉，更畫梁玉翦交飛。販茶船重，挑筍人忙，山市成圍。　驀然卻想，三十年前，銅駝恨積，金谷人稀。劃殘竹粉，舊愁寫向闌西。惆悵移時，鎮無聊搯損薔薇。許誰知？細柳新蒲，都付鵑啼。

【評】譚獻曰：故家喬木，語自不同。（《篋中詞》一）

念奴嬌　讀屈翁山詩，有作。

靈均苗裔，羨十年學道，匡廬山下。忽聽簾泉谽冷瀑，豪氣軼於生馬。亟跳三邊，橫穿九塞，開口談王霸。軍中毬獵，醉從諸將遊射。　提罷匕首入秦，不禁忍俊，縹緲思登華。白帝祠邊三尺雪，正值玉姜思嫁。笑把嶽蓮，亂拋博箭，調弄如花者。歸而偕隱，白羊瑤島同跨。

琵琶仙

泥蓮庵夜宿，同子萬弟與寺僧閒話。（庵外白蓮數畝。）

倦客心情，況遇著秋院擣衣時節。惆悵側帽垂鞭，凝情佇寥泬。三間寺水窗斜閉，一聲磬林香暗結。且啜茶瓜，休論塵世，此景清絕！　詢開士杖錫何來？奈師亦江東舊狂客。惹起南朝零恨，與疏鐘嗚咽。有多少西窗閒話，對禪牀翦燭低說。漸漸風弄蓮衣，滿湖吹雪。

水龍吟　秋感

夜來幾陣西風，匆匆偷換人間世。淒涼不爲，秦宮漢殿，被伊吹碎。祇恨人生，些些往事，也成流水。想桃花露井，桐英永巷，青驄馬，曾經繫。　光景如新宛記，記瑤臺相逢姝麗。微煙淡月，回廊複館，許多情事。今日重遊，野花亂蝶，迷濛而已！願天公還我，那年一帶，玉樓銀砌。

齊天樂　遼后妝樓

洗妝樓下傷情路，西風又吹人到。一絡山鬟，半梳苔髮，想像新興鬧掃。塔鈴聲悄，說不盡當年，月明花曉。人在天邊，軸簾遙閃茜釵小。　如今頓成往事，回心深院裏，也長秋草。上苑雲房，官家水殿，慣是蕭娘易老。紅顏懊惱，與建業蕭家，一般殘照。惹甚閒愁？且歸斟翠醽。

尉遲杯

許月度新自金陵歸，以《青溪集》示我，感賦。

青溪路，記舊日年少嬉遊處。覆舟山畔人家，麾扇渡頭士女。水花風片，有十萬珠簾夾煙浦。泊畫船柳下樓前，衣香暗落如雨。　聞說近日臺城，剩黃蝶濛濛，和夢飛舞。綠水青山渾似畫，只添了幾行秋戍。三更後盈盈皓月，見無數精靈含淚語。想胭脂井底嬌魂，至今怕說擒虎。

沁園春

贈別芝麓先生，即用其題《烏絲詞》韻。

四十諸生，落拓長安，公乎念之！正戟門開日，呼余驚座；燭花滅處，目我於思。古說感恩，不如知己，巵酒爲公安足辭？吾醉矣！纔一聲河滿，淚滴珠徽。　昨來夜雨霏霏，歎如此狂飆世所稀。恰山崩石裂，其窮已甚；獅騰象踏，此景尤奇。我賦將歸，公言小住，歸路銀濤百丈飛。氍毹暖，趁銅街似水，賡和無題。

歸去來兮！竟別公歸，輕帆早張。看秋方欲雨，詩爭人瘦；天其未老，身與名藏。禪榻吹簫，妓堂說劍，也算男兒意氣揚。真愁絕，卻心憂似月，鬢禿成霜。　新詞填罷蒼涼，更暫緩臨歧入醉鄉。況僕本恨人，能無刺骨；公真長者，未免霑裳。此去荊谿，舊名罷畫，擬繞蕭齋種白楊。從今後，莫逢人許我，宋豔班香。

<h2 style="text-align:center">又</h2>

題徐渭文《鍾山梅花圖》，同雲臣、南耕、京少賦。

十萬瓊枝，矯若銀虬，翩如玉鯨。正困不勝煙，香浮南內；嬌偏怯雨，影落西清。夾岸亭臺，接天歌板，十四樓中樂太平。誰爭賞？有珠璫貴戚，玉佩公卿。　如今潮打孤城，只商女船頭月自明。歎一夜啼烏，落花有恨；五陵石馬，流水無聲。尋去疑無，看來似夢，一幅生綃淚寫成。攜此卷，伴水天閒話，江海餘生。

【評】陳廷焯曰：情詞兼勝，骨韻都高，幾合蘇、辛、周、姜爲一手。（《白雨齋詞話》卷三）

<h2 style="text-align:center">賀新郎 秋夜呈芝麓先生</h2>

擲帽悲歌發。正倚幌孤秋獨眺，鳳城雙闕。一片玉河橋下水，宛轉玲瓏如雪。其上有秦時明月。我在京華淪落久，恨吳

鹽只點離人髮。家何在？在天末。 憑高對景心俱折。關情處燕昭樂毅，一時人物。白雁橫天如箭叫，叫盡古今豪傑。都只被江山磨滅。明到無終山下去，拓弓弦渴飲黃羶血。長楊賦，竟何益？

又

贈蘇崑生（蘇，固始人，南曲爲當今第一。曾與說書叟柳敬亭同客左寧南幕下，梅村先生爲賦《楚兩生行》。）

吳苑春如繡。笑野老花顛酒惱，百無不有。淪落半生知己少，除卻吹簫屠狗。算此外誰歟吾友？忽聽一聲河滿子，也非關淚溼青衫透，是鵑血，凝羅袖。 武昌萬叠戈船吼。記當日征帆一片，亂遮樊口。隱隱柁樓歌吹響，月下六軍搔首。正烏鵲南飛時候。今日華清風景換，剩淒涼鶴髮開元叟。我亦是，中年後！

又

冬夜不寐寫懷，用稼軒、同父倡和韻。

已矣何須說！笑樂安彥昇兒子，寒天衣葛。百結千絲穿已破，磨盡炎風臘雪。看種種是余之髮。半世琵琶知者少，枉教人斜抱胸前月。羞再挾，王門瑟。 黃皮袴褶軍裝別。出蕭關邊笳夜起，黃雲四合。直向李陵臺畔望，多少如霜戰骨。隴頭水助人愁絕。此意儘豪那易遂？學龍吟屈煞沐頭鐵。風正吼，燭花裂。

又

伯成先生席上贈韓修齡（韓，關中人，聖秋舍人小阮，流浪東吳，善說平話。）

　　月上梨花午。恰重逢江潭舊識，喁喁爾汝。絳燭兩行渾不夜，添上三通畫鼓。說不盡唐西楚。話到英雄兒女恨，綠牙屏驚醒紅鸚鵡。雕籠內，淚如雨！　　一般懷抱君尤苦。家本在扶風鰲屋，五陵佳處。漢闕唐陵回首望，渭水無情東去。剩短蠟聲聲訴與。繡嶺宮前花似血，正秦川公子迷歸路。重酌酒，盡君語。

又　　縴夫詞

　　戰艦排江口。正天邊真王拜印，蛟螭蟠鈕。徵發榷船郎十萬，列郡風馳雨驟。歎閭左騷然雞狗。里正前團催後保，盡纍纍鎖繫空倉後。捽頭去，敢搖手？　　稻花恰稱霜天秀。有丁男臨歧訣絕，草間病婦。此去三江牽百丈，雪浪排檣夜吼。背耐得土牛鞭否？好倚後園楓樹下，向叢祠亟倩巫澆酒。神祐我，歸田畝。

又

贈何生鐵（鐵，小字阿黑，鎮江人，流寓泰州，精詩畫，工篆刻。）

　　鐵汝前來者！曷不學雀刀龍笛，騰空而化？底事六州都鑄錯，孤負陰陽爐冶？氣上燭斗牛分野。小字又聞呼阿黑，詎王家處仲卿其亞？休放誕，人笞罵。　　蕭疏粉墨營丘畫。更雕鑱漸

臺威斗，鄴宮銅瓦。不值一錢疇惜汝？醉倚江樓獨夜。月照到
寄奴山下。故國十年歸不得，舊田園總被寒潮打。思鄉淚，浩
盈把。

【評】陳廷焯曰：飛揚跋扈，不可羈縛，一味橫霸，亦足雄跨一時。
（《白雨齋詞話》卷三）

摸魚兒

家善伯自崇川來，小飲冒巢民先生堂中。聞白生璧雙亦在河下，喜甚，數使趣之。
須臾，白生抱琵琶至，撥絃按拍，宛轉作陳、隋數弄，頓爾至致。余也悲從中來，
併不自知其何以故也。別後寒燈孤館，雨聲蕭槭，漫賦此詞，時漏已下四鼓矣。

是誰家本師絕藝？檀槽掐得如許！半彎邐迤無情物，惹我
傷今弔古。君何苦！君不見青衫已是人遲暮。江東煙樹。縱不
聽琵琶，也應難覓，珠淚曾乾處。　淒然也！恰似秋宵掩泣，燈
前一對兒女。忽然涼瓦颯然飛，千歲老狐人語。渾無據！君不
見澄心結綺皆塵土。兩家後主，爲一兩三聲，也曾聽得，撇卻
家山去。

【評】譚獻曰：拔奇本師長歌之外。（《篋中詞》二）
　上陳維崧詞三十四首，錄自《湖海樓詞》。

【小傳】

　陳維崧字其年，號迦陵，江蘇宜興人。以明天啟五年（一六二五）
生。父貞慧，明末著氣節。維崧少負才名，冠而多鬚，浸淫及顴準，
陳髯之名滿天下。嘗客如皋冒氏水繪園，主人愛其才，進聲伎適其意。

康熙己未（一六七九），召試鴻詞科，由諸生授檢討，纂修《明史》，時年五十四。 越四年（一六八二）卒於官。工駢文及詞，嘗與朱彝尊合刊所作曰《朱陳村詞》，傳世有《湖海樓詩文詞全集》。（《國朝先正事略》卷三十九《文苑》）其弟宗石序其詞集云：“方伯兄少時，值家門鼎盛，意氣橫逸，謝郎捉鼻，塵尾時揮，不無聲華裙屐之好，故其詞多作旖旎語。迨中更顛沛，饑驅四方；或驢背清霜，孤篷夜雨；或河梁送別，千里懷人；或酒旗歌板，鬚髯奮張；或月榭風廊，肝腸掩抑；一切詼諧狂嘯，細泣幽吟，無不寓之於詞。甚至里語巷談，一經點化，居然典雅，真有意到筆隨，春風物化之妙。蓋伯兄中年始學爲詩餘，晚歲尤好之不厭，或一日得數十首，或一韻至十餘闋，統計小令、中調、長調共得四百一十六調，共詞一千六百二十九闋。先是京少有《天藜閣迦陵詞刻》，猶屬未備，今乃盡付梓人。自唐、宋、元、明以來，從事倚聲者，未有如吾伯兄之富且工也。”近人朱孝臧題云：“迦陵韻，哀樂過人多。跋扈頗參青兕意，清揚恰稱紫雲歌，不管秀師訶。”（《彊邨語業》卷三）維崧詞具有創作天才，固宜其不爲前人所囿矣。

【集評】

蔣景祁曰：讀先生之詞者，以爲蘇、辛可，以爲周、秦可，以爲溫、韋可，以爲左、國、史、漢、唐、宋諸家之文亦可。蓋既具什伯眾人之才，而又篤志好古，取裁非一體，造就非一詣，豪情豔趣，觸緒紛起，而要皆含咀醞釀而後出，以故履其閫，賞心洞目，接應不暇；探其奧，乃不覺晦明風雨之真移我情；噫其至矣！（《陳檢討詞鈔序》）譚獻曰：錫鬯、其年出，而本朝詞派始成。顧朱傷於碎，陳厭其率，流弊亦百年而漸變。錫鬯情深，其年筆重，固後人所難到。嘉慶以前，爲二家牢籠者十居七八。（《篋中詞》二）陳廷焯曰：國初詞家，斷以迦陵爲巨擘。後人每好揚朱而抑陳，以爲竹垞①獨得南宋真脈。嗚呼！彼豈真知有南宋哉？迦陵詞氣魄絕大，骨力絕遒，填詞之富，古今無

---

① 原作“坨”，誤植徑改。後同。

兩。只是一發無餘，不及稼軒之渾厚沈鬱。然在國初諸老中，不得不推爲大手筆。 迦陵詞沈雄俊爽，論其氣魄，古今無敵手。若能加以渾厚沈鬱，便可突過蘇、辛，獨步千古，惜哉！蹈揚湖海，一發無餘，是其年短處；然其長處亦在此。蓋偏至之詣，至於絕後空前，亦令人望而卻走，其年亦人傑矣哉！其年諸短調，波瀾壯闊，氣象萬千，是何神勇！（《白雨齋詞話》卷三）

朱彝尊

高陽臺

吳江葉元禮，少日過流虹橋，有女子在樓上，見而慕之，竟至病死。氣方絕，適元禮復過其門，女之母以女臨終之言告葉，葉入哭，女目始瞑。友人爲作傳，余記以詞。

橋影流虹，湖光映雪，翠簾不卷春深。一寸橫波，斷腸人在樓陰。遊絲不繫羊車住，倩何人傳語青禽？最難禁，倚遍雕闌，夢遍羅衾。　重來已是朝雲散，悵明珠佩冷，紫玉煙沈。前度桃花，依然開滿江潯。鍾情怕到相思路，盼長隄草盡紅心。動愁吟，碧落黃泉，兩處誰尋？

【評】譚獻曰：遺山、松雪所不能爲。（《篋中詞》二）

桂殿秋

思往事，渡江干，青蛾低映越山看。共眠一舸聽秋雨，小簟輕衾各自寒。

【評】譚獻曰：單調小令，近世名家，復振五代、北宋之緒。（《篋中詞》二）　況周頤曰：或問國朝詞人，當以誰氏爲冠？再三審度，舉金風亭長對。問佳構奚若？舉搗練子（即《桂殿秋》）云云。（《蕙風詞話》卷五）

滿江紅　吳大帝廟

玉座苔衣，拜遺像紫髯如乍。想當日周郎陸弟，一時聲價。乞食肯從張子布？舉杯但屬甘興霸。看尋常談笑敵曹劉，分區夏。　南北限，長江跨。樓櫓動，降旗詐。歎六朝割據，後來誰亞？原廟尚存龍虎地，春秋未輟雞豚社。剩山圍衰草女牆空，寒潮打。

賣花聲　雨花臺

衰柳白門灣，潮打城還。小長干接大長干。歌板酒旗零落盡，剩有漁竿。　秋草六朝寒，花雨空壇。更無人處一憑闌。燕子斜陽來又去，如此江山！

【評】譚獻曰：聲可裂竹。（《篋中詞》二）

洞仙歌　吳江曉發

澄湖淡月，響漁榔無數。一霎通波撥柔櫓。過垂虹亭畔，語鴨橋邊，籬根綻點點牽牛花吐。　紅樓思此際，謝女檀郎，幾處殘燈在窗戶。隨分且敧眠，枕上吳歌，聲未了夢輕重作。（去聲。）也儘勝鞭絲亂山中，聽風鐸郎當，馬頭衝霧。

梅花引　蘇小小墓

小溪澄，小橋橫，小小墳前松柏聲。碧雲停，碧雲停，凝想往時，香車油壁輕。　溪流飛遍紅襟鳥，橋頭生遍紅心草。雨初晴，雨初晴，寒食落花，青驄不忍行。

百字令　度居庸關

崇墉積翠，望關門一線，似懸檐溜。瘦馬登登愁徑滑，何況新霜時候？畫鼓無聲，朱旗卷盡，惟剩蕭蕭柳。薄寒漸甚，征袍明日添又。　誰放十萬黃巾？丸泥不閉，直入車箱口。十二園陵風雨暗，響遍哀鴻離獸。舊事驚心，長塗望眼，寂寞閒庭堠。當年鎖鑰，董龍真是雞狗。

【評】譚獻曰：意深。（《篋中詞》二）

消息　度雁門關

千里重關，憑誰踏遍，雁銜蘆處？亂水潯沱，層霄冰雪，鳥道連勾注。畫角吹愁，黃沙拂面，猶有行人來去。問長塗斜陽瘦馬，又穿入，離亭樹。　猿臂將軍，鴉兒節度，說盡英雄難據。竊國真王，論功醉尉，世事都如許！有限春衣，無多山店，酹酒徒成虛語！垂楊老，東風不管，雨絲煙絮。

夏初臨　天龍寺是高歡避暑宮舊址

賀六渾來，主三軍隊，壺關王氣曾分。人說當年，離宮築向雲根。燒煙一片氤氳，想香姜古瓦猶存。琵琶何處？聽殘勅勒，銷盡英魂。　霜鷹自去，青雀空飛，畫樓十二，冰井無痕。春風裊娜，依然芳草羅裙。驅馬斜陽，到鳴鐘佛火黃昏。伴殘僧千山萬山，涼月松門。

河傳　送米紫來入燕

南陌，歸客，紫騮驕。水驛山椒，路遙，落花如雨煙外飄。河橋，折殘楊柳條。　別酒西堂官燭短，紅玉盌，醉也休辭滿。漏聲催，且徘徊，一杯，勸君更一杯。

【評】譚獻曰：漸近自然。（《篋中詞》二）

蝶戀花　重遊晉祠題壁

十里浮嵐山近遠。小雨初收，最喜春沙軟。又是天涯芳草遍，年年汾水看歸雁。　繫馬青松猶在眼。勝地重來，暗記韶華變。依舊紛紛涼月滿，照人獨上溪橋畔。

金明池　燕臺懷古，和申隨叔翰林。

西苑妝樓，南城獵騎，幾處笳吹蘆葉？孤鳥外生煙夕照，對千里萬里積雪。更誰來擊築高陽？但滿眼花豹明駝相接。剩

野火樓桑，秋塵石鼓，陌上行人空說。　戰鬥漁陽何曾歇？笑古
往今來，浪傳豪傑。綠頭鴨悲吟乍了，白翎雀醉歌還闋。數燕
雲十六神州，有多少園陵，頹垣斷碣。正石馬嘶殘，金仙淚盡，
古水荒溝寒月。

胃馬索　送崔二再遊黔中，兼訊李斯年。

玉驄嘶，須把青絲胃他住。燕歌易酒，莫辭今夕離亭聚。
浮雲一望，綠波千里，滿目銷魂江淹賦。計落花時節黃陵，楚
竹湘煙響柔櫓。　行旅，羅施天末，木瓜金筑，且伴參軍作蠻
語。亂水孤舟逢人少，惟有冷猿昏雨。南尋李白，問訊何如？
爲報頻年相思苦。道故人別來詩卷，總是人間斷腸句。

青玉案　臨淄道上

清秋滿目臨淄水，一半是，牛山淚。此地從來多古意：王
侯無數，殘碑破冢，禾黍西風裏。　青州從事須沈醉，稷下雄談
且休矣！回首吳關二千里。分明記得，先生彈鋏，也說歸來是。

邁陂塘　題其年填詞圖

擅詞場飛揚跋扈，前身可是青兕？風煙一壑家陽羨，最好
竹山鄉里。攜硯几，坐罨畫溪陰，裊裊珠藤翠。人生快意，但
紫筍烹泉，銀箏侑酒，此外總閒事。　空中語，想出空中姝麗，
圖來菱角雙髻。樂章琴趣三千調，作者古今能幾？團扇底，也
直得尊前，記曲呼娘子。旗亭藥市，聽江北江南，歌塵到處，

柳下井華水。

解珮令　自題詞集

十年磨劍，五陵結客，把平生涕淚都飄盡。老去填詞，一半是空中傳恨，幾曾圍燕釵蟬鬢？　不師秦七，不師黃九，倚新聲玉田差近。落拓江湖，且分付歌筵紅粉。料封侯白頭無分！

臨江仙

菜甲齊開更斂，柳緜欲起還沈。一春閒望費沈吟。酒旗風著力，花事雨驚心。　巷窄狗兒不吠，樓高燕子難尋。熏爐小篆疊重衾。綠陰猶未滿，庭院已深深。

【評】譚獻曰：風諭三昧。（《篋中詞》二）

水龍吟　謁張子房祠

當年博浪金椎，惜乎不中秦皇帝！咸陽大索，下邳亡命，全身非易。縱漢當興，使韓成在，肯臣劉季？算論功三傑，封留萬戶，都未是，平生意。　遺廟彭城舊里，有蒼苔斷碑橫地。千盤驛路，滿山楓葉，一灣河水。滄海人歸，圯橋石杳，古牆空閉。悵蕭蕭白髮，經過擥涕，向斜陽裏。

【評】譚獻曰：何堪使洪、吳輩聞之。（《篋中詞》二）

金縷曲　初夏

誰在紗窗語？是梁間雙燕多愁，惜春歸去。早有田田青荷葉，占斷板橋西路。聽半部新添蛙鼓。小白蔫紅都不見，但惜惜門巷吹香絮。綠陰重，已如許！　花源豈是重來誤？尚依然倚杏雕闌，笑桃朱戶。隔院秋千看盡坼，過了幾番疏雨。知永日鞦韆何處？午夢初回人定倦，料無心肯到閒庭宇。空搔首，獨延佇。

【評】譚獻曰：人才進退，知己難尋，所感甚深。（《篋中詞》二）
以上錄自《江湖載酒集》。

憶少年

飛花時節，垂楊巷陌，東風庭院。重簾尚如昔，但窺簾人遠。　葉底歌鶯梁上燕，一聲聲伴人幽怨。相思了無益，悔當初相見。

漁家傲

淡墨輕衫染趁時，落花芳草步遲遲。行過石橋風漸起，香不已，眾中早被遊人記。　桂火初溫玉酒卮，柳陰殘照柁樓移。一面船窗相並倚，看淥水，當時已露千金意。

瑤花　午夢

日長院宇，鍼線慵拈，況倚闌無緒？翡帷翠幄，看展盡忘卻東風簾戶。芳魂搖漾，漸聽不分明鶯語。逗紅蕉葉底微涼，幾點綠天疏雨。　畫屏遮遍遙山，知一縷巫雲，吹墮何處？愁春未醒，定化作鳳子尋香留住。相思人並，料此際驚回最苦。亟丁寧池上楊花，莫便枕邊飛去。

南樓令

疏雨過輕塵，圓沙結翠茵，惹紅襟乳燕來頻。乍暖乍寒花事了，留不住，塞垣春。　歸夢苦難真，別離情更親，恨天涯芳信無因。欲話去年今日事，能幾個，去年人？

一葉落

淚眼注，臨當去，此時欲住已難住。下樓復上樓，樓頭風吹雨。風吹雨，草草離人語。

以上錄自《靜志居琴趣》。

東風嫋娜　遊絲

倩東君著力，繫住韶華。穿小徑，漾晴沙。正陰雲籠日，難尋野馬；輕颺染草，細綰秋蛇。燕蹴還低，鶯銜忽溜，惹卻黃鬚無數花。縱許悠揚度朱戶，終愁人影隔窗紗。　惆悵謝娘池閣，湘簾乍卷，凝斜盼近拂簷牙。疏籬冒，短牆遮。微風別院，好景誰家？紅袖招時，偏隨羅扇；玉鞭墮處，又逐香車。休憎輕薄，笑多情似我；春心不定，飛夢天涯。

【評】譚獻曰：層臺嬋媛。（《篋中詞》二）

長亭怨慢 　雁

結多少悲秋儔侶，特地年年，北風吹度。紫塞門孤，金河月冷，恨誰訴？回汀枉渚，也只戀、江南住。隨意落平沙，巧排作參差箏柱。　別浦，慣驚移莫定，應怯敗荷疏雨。一繩雲杪，看字字懸鍼垂露。漸敧斜無力低飄，正目送碧羅天暮。寫不了相思，又蘸涼波飛去。

【評】陳廷焯曰：感慨身世，以淒切之情，發哀婉之調，既悲涼，又忠厚，是竹垞直逼玉田之作，集中亦不多見。（《白雨齋詞話》卷三）
以上錄自《茶煙閣體物集》。
上朱彝尊詞二十六首，錄自《曝書亭詞》。

【小傳】

朱彝尊字錫鬯，號竹垞，又號金風亭長、小長蘆釣魚師，浙江秀水人。明崇禎二年（一六二九）生。清康熙己未（一六七九），舉博學鴻詞，授檢討，尋入直南書房，出典江南省試。罷歸後，殫心著述。工詩，與王士禛為南北二大宗，論者謂王才高而學足以副之，朱學博而才足以運之。康熙四十八年（一七〇九）卒，年八十一。著有《日下舊聞》《經義考》《曝書亭詩文集》等書。（參考《國朝先正事略》卷三十九《文苑》）彝尊選輯唐、五代、宋以來下逮元張翥諸家詞為

《詞綜》，以開浙西詞派，而其淵源所自，蓋出於曹溶（嘉興人）。嘗稱：“余壯日從先生（謂曹溶）南遊嶺表，西北至雲中，酒闌燈灺，往往以小令、慢詞，更迭唱和。有井水處，輒爲銀箏、檀板所歌。念倚聲雖小道，當其爲之，必崇爾雅，斥淫哇，極其能事，則亦足以宣昭六義，鼓吹元音。往者明三百禩，詞學失傳，先生搜輯遺集，余曾表而出之。數十年來，浙西填詞者，家白石而戶玉田，春容大雅，風氣之變，實由於此。”（《靜志居詩話》）於此，亦足略窺其宗旨，及其影響所及。其《曝書亭詞》，自定爲《江湖載酒集》《靜志居琴趣》《茶煙閣體物集》《蕃錦集》等四種，有李富孫注本。朱孝臧題云：“江湖老，載酒一年年。體素微妙虯綺語，食多寧獨是詩篇？宗派浙河先。”（《彊邨語業》卷三）浙派詞以醇雅爲宗，其流弊每致意旨枯寂，視湖海樓一派之叫囂獷悍，厥失維均，而創始者不任其咎也。

【集評】

陳廷焯曰：竹垞詞疏中有密，獨出冠時，微少沈厚之意。《江湖載酒集》灑落有致，《茶煙閣體物集》組織甚工，《蕃錦集》運用成語，別具匠心，然皆無甚大過人處。惟《靜志居琴趣》一卷，盡掃陳言，獨出機杼，豔詞有此，匪獨晏、歐所不能，即李後主、牛松卿亦未嘗夢見，真古今絕構也，惜託體未爲大雅。《靜志居琴趣》一卷，生香真色，得未曾有！前後次序，略可意會，不必穿鑿求之。（《白雨齋詞話》卷三）

【本事】

冒廣生曰：世傳竹垞《風懷二百韻》爲其妻妹作，其實《靜志居琴趣》一卷，皆《風懷》注腳也。竹垞年十七，娶於馮。馮孺人名福貞，字海媛，少竹垞一歲。馮夫人之妹名壽常，字靜志，少竹垞七歲。曩聞外祖周季貺先生言：十五六年前，曾見太倉某家藏一簪，簪刻“壽常”二字，因悟洞仙歌詞云：“金簪二寸短，留結殷勤，鑄就偏名有誰認？”蓋真有本事也。（《小三吾亭詞話》卷三）

王士禛

浣溪沙

紅橋同籜菴、茶村、伯璣、其年、秋崖賦。

北郭青溪一帶流，紅橋風物眼中秋，綠楊城郭是揚州。 西望雷塘何處是？香魂零落使人愁，澹煙芳草舊迷樓。

白鳥朱荷引畫橈，垂楊影裏見紅橋，欲尋往事已魂消。 遙指平山山外路，斷鴻無數水迢迢，新愁分付廣陵潮。

綠樹橫塘第幾家？曲闌干外卓金車，渠儂獨浣越溪紗。 浦口雨來虹斷續，橋邊人醉月橫斜，棹歌聲裏采菱花。

附《紅橋遊記》：出鎮淮門，循小秦淮折而北，陂岸起伏多態，竹木蓊鬱，清流映帶。人家多因水爲園，亭榭谿塘，幽窈而明瑟，頗盡四時之美。挐小舟，循河西北行，林木盡處，有橋，宛然如垂虹下飲於澗，又如麗人靚妝袨服，流照明鏡中，所謂紅橋也。遊人登平山堂，率至法海寺，舍舟而陸，徑必出紅橋下。橋四面皆人家荷塘，六七月間，菡萏作花，香聞數里，青簾白舫，絡繹如織，良謂勝遊矣。予數往來北郭，必過紅橋，顧而樂之。登橋四望，忽復裵回感歎。當哀樂之交乘於中，往往不能自喻其故。王謝冶城之語，景晏牛山之悲，今之視昔，亦有然耶？壬寅季夏之望，與籜菴、茶村、伯璣諸子偶然漾舟，酒闌興極，援筆成小詞二章，諸子倚而和之。籜菴繼成一章，予亦屬和。嗟乎！絲竹陶寫，何必中年？山水清音，自成佳話。予與諸子聚散不恆，良會未易遘，而紅橋之名，或反因諸子而得傳於後世，增懷古憑弔者之裵回感歎，如予今日，未可知也。

【評】譚獻曰：第一首名貴，第二首風人之旨。（《篋中詞》一）

蝶戀花 和漱玉詞

涼夜沈沈花漏凍。敧枕無眠，漸聽荒雞動。此際閒愁郎不共，月移窗罅春寒重。 憶共錦衾無半縫，郎似桐花，妾似桐花鳳。往事迢迢徒入夢，銀箏斷續連珠弄。（樂府合歡詩：“寢共無縫裯。”河間雜弄有《連珠弄》。）

【評】譚獻曰：深於梁、陳。（《篋中詞》一）

上王士禛詞四首，錄自《石蓮庵山左人詞》本《衍波詞》。

【小傳】

王士禛（避雍正諱改士正[①]）字貽上，號阮亭，別號漁洋山人，山東新城人。年十八，中順治八年（一六五一）鄉試，十五年（一六五八）舉會試，選揚州推官，由禮部主事累遷少詹事，奉命祭告南海，官至刑部尚書，康熙五十年（一七一一）卒，距生明崇禎七年（一六三四），年七十八，諡文簡。少遊歷下，集諸名士於明湖，賦《秋柳詩》，和者數百人。在揚州，與林茂之、杜於皇、孫豹人、方爾止等修禊紅橋，又與陳其年、邵潛夫等修禊如皋冒氏之水繪園。每公暇，輒召賓客，泛舟載酒平山堂。吳梅村云“貽上在廣陵，晝了公事，夜接詞人”，蓋實錄也。嘗遍遊秦、晉、洛、蜀、閩、越、江、楚間，所至訪其賢豪，考其風土，遇佳山水，必登臨，融懌會萃，一發之於詩，故其詩能盡古今之奇變，蔚然爲一代風氣所歸。（《國朝先正事略》卷六《名臣傳》）著有《帶經堂集》《池北偶談》等書。其詞集流傳，有孫默刻本，名《衍波詞》，趙之謙刻本名《阮亭詩餘》，吳氏《石蓮庵山左人詞》所收爲《衍波詞》。朱孝臧題云：“消魂極，絕代阮亭詩。見說綠楊城郭畔，遊人爭唱冶春詞，把筆儘淒迷。”（《彊邨語業》卷三）士禛詩主神韻，尤工絕句。以餘力填詞，特長小令，蓋與絕句同一

---

① “避雍正諱改士正”原作“一作士正”。

機杼也。

【集評】

　　唐允甲曰：貽上束其鴻博淹雅之才，作爲花間雋語，極哀豔之深情，窮倩盼之逸趣。（《衍波詞序》）陳廷焯曰：漁洋小令，能以風韻勝，仍是做七絶慣技耳。然自是大雅，但少沈鬱頓挫之致。漁洋詞含蓄有味，但不能沈厚，蓋含蓄之意境淺，沈厚之根柢深也。（《白雨齋詞話》卷三）

曹貞吉

蝶戀花

讀《六一集》十二月鼓子詞，嫌其過於富麗。吾輩爲之，正不妨作酸餡語耳。閒中試筆，即以故鄉風物譜之。（十二首錄一）

五月黃雲全覆地。打麥場中，咿軋聲齊起。野老謳歌天籟耳，那能略辨宮商字？　屋角槐陰軹美睡，夢到華胥，蝴蝶翩翩矣。客至夕陽留薄醉，冷淘飥餺窮家計。

留客住　鷦鴟

瘴雲苦！遍五溪沙明水碧，聲聲不斷，只勸行人休去。行人今古如織，正復何事關卿？頻寄語。空祠廢驛，便征衫溼盡，馬蹄難駐。　風更雨，一髮中原，杳無望處。萬里炎荒，遮莫摧殘毛羽。記否越王春殿，宮女如花，祇今惟賸汝？子規聲續，想江深月黑，低頭臣甫。

【評】譚獻曰：投荒念亂之感。（《篋中詞》一）

掃花遊　春雪，用宋人韻。

元宵過也，看春色蘼蕪，澹煙平楚。溼雲萬縷，又輕陰作暈，蜂兒亂舞。一夜梅花，暗落西窗似雨。飄搖去，試問逐風，歸到何處？　燈事纔幾許，記流水鈿車，畫橋爭路。蘭房列俎，歎菉華易擲，鬟絲堆素。擁斷關山，知有離人獨苦。漫凭竚，聽寒城數聲譙鼓。

【評】陳廷焯曰：綿雅幽細，斟酌於美成、梅溪、碧山、公謹而出之者。（《白雨齋詞話》卷三）

滿庭芳　和人潼關

太華垂旒，黃河噴雪，咸秦百二重城。危樓千尺，刁斗靜無聲。落日紅旗半卷，秋風急牧馬悲鳴。閒凭弔，興亡滿眼，衰草漢諸陵。　泥丸封未得，漁陽鼙鼓，響入華清。早平安烽火，不到西京。自古王公設險，終難恃帶礪之形。何年月，劖平斥堠，如掌看春耕？

賀新涼　再贈柳敬亭

咄汝青衫叟！閱浮生繁華蕭瑟，白衣蒼狗。六代風流歸抵掌，舌下濤飛山走。似易水歌聲聽久。試問於今真姓字，但回頭笑指蕪城柳。休暫住，譚天口。　當年處仲東來後，斷江流樓船鐵鎖，落星如斗。七十九年塵土夢，繞向青門沽酒。更誰是嘉榮舊友？天寶琵琶宮監在，訴江潭憔悴人知否？今昔恨，一搔首！

上曹貞吉詞五首，錄自《石蓮庵刻山左人詞》本《珂雪詞》。

【小傳】

曹貞吉字升六，號實菴，山東安邱人。明崇禎七年（一六三四）生。清康熙三年（一六六四）進士，官禮部郎中。詩格遒鍊，宋犖極推許之。著有《珂雪詩詞集》。其論詞謂：“離而得合，乃爲大家。若優孟衣冠，天壤間只生古人已足，何用有我？”故其詞寧爲創，不爲述，寧失之粗豪，不甘爲描寫。（石蓮庵本《珂雪詞話》）朱孝臧題其詞集云：“留客住，絕調鷓鴣篇。脫盡詞流薌澤習，相高秋氣對南山，駚度衍波前。”（《彊邨語業》卷三）其魄力固在王士禎之上也。

【集評】

王煒曰：珂雪詞骫骳磊落，雄渾蒼茫，是其本色，而語多奇氣，悄恍傲睨，有不可一世之意。至其珠圓玉潤，迷離哀怨，於纏綿款至中自具蕭灑出塵之致，絢爛極而平澹生，不事雕鏤，俱成妙詣。（《珂雪詞序》）陳廷焯曰：珂雪詞在國初諸老中，最爲大雅，才力不逮朱、陳，而取徑較正。國朝不乏詞家，四庫獨收珂雪，良有以也。（《白雨齋詞話》卷三）

李良年

柳梢青　懷友人，在白下。

春事閒探，月斜風細，葉葉輕帆。燕子來時，梅花落盡，人在江南。　晚來何處停驂？攜手處王孫舊語。白下殘鐘，青溪遠笛，今夜難堪。

暗香　綠萼梅

春纔幾日？蚤數枝開遍，笑他紅白。仙徑曾逢，萼綠華來記相識。修竹天寒翠倚，翻認了暗侵苔色。縱一片月底難尋，微暈怎消得？　脈脈，清露溼，便靜掩簾衣，夜香難隔。吳根舊宅，籬角無言照溪側。只有樓邊易墮，又何處短亭風笛？歸路杳，但夢繞銅阬斷碧。

【評】譚獻曰：白石故以幽勝。（《篋中詞》二）
上李良年詞二首，錄自《秋錦山房詞》。

【小傳】

　　李良年字武曾，浙江秀水人。明崇禎八年（一六三五）生。少與朱彝尊齊名。康熙中，以國子生召試鴻博。徐乾學開一統志局於洞庭西山，聘任分修。康熙三十三年（一六九四）卒。著有《秋錦山房集》。曹貞吉曰：“秋錦論詞，必盡掃蹊徑，獨露本色。嘗謂南宋詞人，如夢窗之密，玉田之疏，必兼之，乃工。”（《秋錦山房詞序》）於此，足見其所宗尚，亦浙派初期之大家也。

顧貞觀

青玉案

天然一幀荊關畫，誰打稿，斜陽下？歷歷水殘山剩也！亂鴉千點，落鴻孤咽，中有漁樵話。　登臨我亦悲秋者，向蔓草平原淚盈把。自古有情終不化。青娥塚上，東風野火，燒出鴛鴦瓦。

石州慢　御河爲漕艘所阻

一月長河，奈阻崎嶇，玉京猶隔。滿身風露，夜寒誰問，扣舷孤客？不如歸去，從教錦纜牙檣，釣絲莫負秋江碧。何事訪支機？悔乘槎蹤跡。　淒絕！無端閱遍，戰壘遺屯，郵亭敗壁。只得幾行宮柳，似曾相識。琵琶響斷，那須月落回船，曲終始下青衫滴。曉鏡待重看，有霜華堪織。

【評】譚獻曰：貧士失職。（《篋中詞》一）

南鄉子　搗衣

嘹唳夜鴻驚，（一作“鳴”）葉滿階除欲二更。一派西風吹不斷，秋聲，中有深閨萬里情。　片石冷於冰，兩袖霜華旋欲凝。（一作“廊上月華明，廊下霜華結漸成。”）今夜戍樓歸夢裏，分明，纖手頻呵帶月迎。（一作“人在回廊曲處迎”。）

【評】譚獻曰：清空若拭。(《篋中詞》一)

夜行船 鬱孤臺

爲問鬱然孤峙者，有誰來雪天月夜？五嶺南橫，七閩東距，終古江山如畫。 百感茫茫交集也！儘忘歸夕陽西掛。爾許雄心，無端客淚，一十八灘流下。

金縷曲 二首

寄吳漢槎寧古塔，以詞代書，丙辰冬寓京師千佛寺冰雪中作。

季子平安否？便歸來，平生萬事，那堪回首？行路悠悠誰慰藉？母老家貧子幼。記不起從前杯酒。魑魅搏人應見慣，總輸他覆雨翻雲手。冰與雪，周旋久。 淚痕莫滴牛衣透。數天涯依然骨肉，幾家能夠？比似紅顏多命薄，更不如今還有。只絕塞苦寒難受。廿載包胥承一諾，盼烏頭馬角終相救。置此札，君懷袖。

我亦飄零久。十年來，深恩負盡，死生師友。宿昔齊名非忝竊，試看杜陵消瘦，曾不減夜郎僝僽。薄命長辭知己別，問人生到此淒涼否？千萬恨，從君剖。 兄生辛未吾丁丑。共些時冰霜摧折，早衰蒲柳。詞賦從今須少作，留取心魂相守。但願得河清人壽。歸日急翻行戍稿，把空名料理傳身後。言不盡，觀頓首。

二詞容若見之，爲泣下數行，曰："河梁生別之詩，山陽死友之傳，得此而三。此事三千六百日中，弟當以身任之，不俟兄再囑也。"余曰："人壽幾何？請以五載爲期。"懇之太傅，亦蒙見許，而漢槎果以辛酉入關矣。附書志感，兼志痛云。

【本事】

康熙初，吳漢槎兆騫謫戍寧古塔，其友顧貞觀華峯館於納蘭太傅家，寄吳《金縷曲》云云，太傅之子成容若見之，泣曰："河梁生別之詩，山陽死友之傳，得此而三。此事三千六百日中，我當以身任之。"華峯曰："人壽幾何？公子乃以十載爲期耶？"太傅聞之，竟爲道地，而漢槎生入玉門關矣。顧生名永者咏其事云："金蘭儻使無良友，關塞終當老健兒。"說華峯之救吳季子也，太傅方宴客，手巨觥謂曰："若飲滿，爲救漢槎。"華峯素不飲，至是一吸而盡。太傅笑曰："余直戲耳。即不飲，余豈不救漢槎耶？雖然，何其壯也！"嗚呼！公子能文，良朋愛友，太傅憐才，真一時佳話。（袁枚《隨園詩話》）容若寄梁汾《金縷曲》，有云："絕塞生還吳季①子，算眼前此外皆閒事。"蓋指此也。漢槎既入關，過容若所，見齋壁大書"顧梁汾爲吳漢槎屈膝處"，不禁大慟云。昔人交誼之重如此！（梁令嫻《藝蘅館詞選》）

【評】譚獻曰：使人增朋友之重，可以興矣！（《篋中詞》一）陳廷焯曰：華峯《賀新郎》兩闋，只如家常說話，而痛快淋漓，宛轉反覆，兩人心迹，一一如見，雖非正聲，亦千秋絕調也！又曰：二詞純以性情結撰而成，悲之深，慰之至，丁寧告戒，無一字不從肺腑流出，可以泣鬼神矣！（《白雨齋詞話》卷三）

上顧貞觀詞六首，錄自《彈指詞》。

---

① "季"字原缺，徑補。

【小傳】

顧貞觀字華峯，號梁汾，江蘇無錫人。康熙丙午（一六六六）
順天舉人，擢秘書院典籍。戊申（一六六八）丁外艱歸。丙辰
（一六七六）復入京，館納蘭相國家，與相國子性德交契。甲子
（一六八四）還里，構積書巖，讀書終老。善填詞，與吳江吳兆騫交尤
篤。兆騫以順治丁酉（一六五七）科場案譴戍寧古塔，貞觀爲求援於
性德，未即許，貞觀作《金縷曲》二闋以寄兆騫，性德見之泣下，爲
言於其父明珠，兆騫遂得生還云。貞觀生於明崇禎十年（一六三七），
至康熙五十三年（一七一四）卒。著有《積書巖集》及《彈指詞》等
書。貞觀嘗云：“吾詞獨不落宋人圈襀，可信必傳。”嘗見謝康樂春草
池塘夢中句，曰：“吾於詞曾至此境。”昔彌勒彈指，樓閣門開，善才
即見百千萬億彌勒化身。貞觀以斯名集，殆自示其苦心孤詣，超神入
化處。同時有攜其新詞至朝鮮者，館人竊誦焉。翼日儒服者八人來謁，
同聲乞詞，盡以畀之。後日必一至，備致款曲禮儀，堅懇將來片語單
辭，必爲郵寄。（《諸洛彈指詞序》）朱孝臧題其詞集云：“雲海約，明
鏡已秋霜。但願生還吳季子，何曾形穢漢田郎？歸老有纑塘。”（《彊
邨語業》卷三）竹垞、迦陵而外，貞觀固亦當日一大作手也。

【集評】

杜詔曰：彈指與竹垞、迦陵埒名。迦陵之詞，橫放傑出，大都出
自蘇、辛，卒非詞家本色。竹垞神明乎姜、史，刻削雋永，本朝作者
雖多，莫有過焉者。若彈指則極情之致，出入南北兩宋，而奄有眾長，
詞之集大成者也。（《彈指詞序》）陳廷焯曰：顧華峯詞，全以情勝，
是高人一著處。至其用筆，亦甚圓朗，然不悟沈鬱之妙，終非上乘。
（《白雨齋詞話》卷三）

李　符

釣船笛　（即"好事近"）

　　曾去釣江湖，腥浪黏天無際。淺岸平沙自好，算無如鄉里。　從今只住鴨兒邊，遠或泛苕水。三十六陂秋到，宿萬荷花裏。

上李符詞一首，錄自《耒邊詞》。

【小傳】

　　李符字分虎，號耕客，浙江嘉興人。崇禎十二年（一六三九）生。少與兄繩遠、良年齊名，號"三李"。曾受知於曹溶，又與朱彝尊等結詩社。康熙二十八年（一六八九）卒。著有《香草居集》及《耒邊詞》。彝尊稱其"精研於南宋諸名家，而分虎之詞，愈變而極工，方之武曾，無異塤篪之迭和也"（《耒邊詞序》）。朱孝臧題云："長水畔，二隱比龜溪。不分詩名叨一饌，居然詞派有連枝，人道好塤篪。"（《彊邨語業》卷三）兄弟並以詞名，亦一時所罕也。

【集評】

　　陳廷焯曰：二李詞絕相類，大約皆規模南宋，羽翼竹垞者。武曾較雅正，而才氣則分虎為勝。（《白雨齋詞話》卷三）

納蘭性德

江城子　詠史

溼雲全壓數峯低，影淒迷，望中疑。非霧非煙神女欲來時。若問生涯原是夢，除夢裏，沒人知。

臺城路　塞外七夕

白狼河北秋偏早，星橋又迎河鼓。清漏頻移，微雲欲溼，正是金風玉露。兩眉愁聚。待歸踏榆花，那時纔訴。只恐重逢，明明相視更無語。　人間別離無數。向瓜果筵前，碧天凝佇。連理千花，相思一葉，畢竟隨風何處？羈棲良苦！算未抵空房，冷香啼曙。今夜天孫，笑人愁似許！

【評】譚獻曰：偪真北宋慢詞。（《篋中詞》一）

浣溪沙 六首

消息誰傳到拒霜？兩行斜雁碧天長，晚秋風景倍淒涼。　銀蒜押簾人寂寂，玉釵敲竹信茫茫，黃花開也近重陽。

睡起惺忪强自支，綠傾蟬鬢下簾時，夜來愁損小腰肢。　遠信不歸空佇望，幽期細數卻參差，更兼何事耐尋思？

誰道飄零不可憐？舊遊時節好花天，斷腸人去自今年！　一片暈紅纔著雨，幾絲柔柳乍和煙，倩魂銷盡夕陽前！（《榆園叢書》本別有題云："西郊馮氏園看海棠，因憶香嚴詞有感。""纏"作"疑"，"幾絲"句作"晚風吹掠鬢雲偏"。）

記綰長條欲別難，盈盈自此隔銀灣，便無風雪也摧殘。 青雀幾時裁錦字？玉蟲連夜剪春旛，不禁辛苦況相關？

誰念西風獨自涼？蕭蕭黃葉閉疏窗，沈思往事立殘陽。 被酒莫驚春睡重，賭書消得潑茶香，當時祇道是尋常。

腸斷斑騅去未還，繡屏深鎖鳳簫寒，一春幽夢有無間。 逗雨疏花濃澹改，關心芳草淺深難，不成風月轉摧殘。

蝶戀花四首

辛苦最憐天上月，一昔如環，昔昔都成玦。若似月輪終皎潔，不辭冰雪爲卿熱。 無那塵緣容易絕，燕子依然，軟踏簾鉤說。唱罷秋墳愁未歇，春叢認取雙棲蝶。

眼底風光留不住，和暖和香，又上雕鞍去。欲倩煙絲遮別路，垂楊那是相思樹！ 惆悵玉顏成間阻，何事東風，不作繁華主？斷帶依然留乞句，斑騅一繫無尋處。

又到綠楊曾折處，不語垂鞭，踏遍清秋路。衰草連天無意緒，雁聲遠向蕭關去。 不恨天涯行役苦，只恨西風，吹夢成今古。明日客程還幾許？霑衣況是新寒雨。

蕭瑟蘭成看老去，爲怕多情，不作憐花句。閣淚倚花愁不語，暗香飄盡知何處！ 重到舊時明月路，袖口香寒，心比秋蓮苦。休說生生花裏住，惜花人去花無主。

【評】譚獻曰：勢縱語咽，淒灔無聊，延己、六一而後，僅見湘真。
（《篋中詞》一）

又　出塞

今古河山無定據，畫角聲中，牧馬頻來去。滿目荒涼誰可
語？西風吹老丹楓樹。　從前幽怨應無數，鐵馬金戈，青塚黃
昏路。一往情深深幾許？深山夕照深秋雨。（榆園本"據"作
"數"，下闋首句作"幽怨從前何處訴"。）

河傳

春淺，紅怨，掩雙環。微雨花間，畫閒，無言暗將紅淚彈。
闌珊，香銷輕夢還。　斜倚畫屏思往事，皆不是，空作相思字。
記當時，垂柳絲，花枝，滿庭胡蝶兒。

金縷曲　贈梁汾

德也狂生耳！偶然間緇塵京國，烏衣門第。有酒惟澆趙州
土，誰會成生此意？不信道遂成知己。青眼高歌俱未老，向尊前
拭盡英雄淚。君不見，月如水。　共君此夜須沈醉。且由他蛾眉
謠諑，古今同忌。身世悠悠何足問，冷笑置之而已！尋思起從頭
翻悔。一日心期千劫在，後身緣恐結他生裏。然諾重，君須記！

【評】徐釚曰：詞旨嶔崎磊落，不啻坡老、稼軒，都下競相傳寫。（《詞
苑叢談》）

又 亡婦忌日，有感。

此恨何時已？滴空階寒更雨歇，葬花天氣。三載悠悠魂夢杳，是夢久應醒矣！料也覺人間無味。不及夜臺塵土隔，冷清清一片埋愁地。釵鈿約，竟拋棄！　重泉若有雙魚寄，好知他年來苦樂，與誰相倚？我自終宵成轉側，忍聽湘絃重理？待結箇他生知己，還怕兩人俱薄命，再緣慳賸月零風裏。清淚盡，紙灰起。

秋千索 淥水亭春望

藥闌攜手銷魂侶，爭不記看承人處？除向東風訴此情，奈竟日，春無語！　悠揚撲盡風前絮，又百五韶光難住。滿地梨花似去年，卻多了，廉纖雨。

菩薩蠻 四首

問君何事輕離別？一年能幾團圓月？楊柳乍如絲，故園春盡時。　春歸歸不得，兩槳松花隔。舊夢逐寒潮，噦鵑恨未消。

催花未歇花奴鼓，酒醒已見殘紅舞。不忍覆餘觴，臨風淚數行。　粉香看欲別，空賸當時月。月也異當時，淒清照鬢絲。

晶簾一片傷心白，雲鬟香霧成遙隔。無語問添衣，桐陰月已西。　西風鳴絡緯，不許愁人睡。只是去年秋，如何淚欲流？

烏絲畫作回紋紙，香煤暗蝕藏頭字。箏雁十三雙，輸他作一行。　相看仍似客，但道休相憶。索性不還家，落殘紅杏花。

清平樂

風鬟雨鬢，偏是來無準。倦倚玉闌看月暈，容易語低香近。 軟風吹遍窗紗，心期便隔天涯。從此傷春傷別，黃昏只對梨花！

臨江仙　寒柳

飛絮飛花何處是？層冰積雪催殘。疏疏一樹五更寒。愛他明月好，憔悴也相關。 最是繁絲搖落後，轉教人憶春山。湔裙夢斷續應難。西風多少恨？吹不散眉彎。

南鄉子　爲亡婦題照

淚咽卻無聲，祇向從前悔薄情。憑仗丹青重省識，盈盈，一片傷心畫不成！ 別語忒分明，午夜鵜鴂夢早醒。卿自早醒儂自夢，更更，泣盡風檐夜雨鈴。

沁園春

丁巳重陽前三日，夢亡婦澹妝素服，執手哽咽，語多不復能記，但臨別有云：「銜恨願爲天上月，年年猶得向郎圓。」婦素未工詩，不知何以得此也？覺後感賦。

瞬息浮生，薄命如斯，低徊怎忘？記繡榻閒時，並吹紅雨；雕闌曲處，同倚斜陽。夢好難留，詩殘莫續，贏得更深哭一場。遺容在，只靈飆一轉，未許端詳。 重尋碧落茫茫，料短髮朝來定有霜。便人間天上，塵緣未斷；春花秋葉，觸緒還傷。欲結綢繆，翻驚搖落，減盡荀衣昨日香。真無奈！倚聲聲鄰笛，譜出回腸。

上納蘭性德詞二十五首，錄自《通志堂詞》。

【小傳】

納蘭性德字容若，初名成德，後避東宮嫌名，改曰性德，爲太傅明珠長子。年十七補諸生，明年舉順天鄉試，康熙丙辰（一六七六）應殿試，賜進士出身，選授三等侍衛，尋晉一等。自幼聰敏，讀書一再過即不忘。尤喜爲詞，自唐、五代以來諸名家詞，皆有選本。以洪武韻改并聯屬，名《詞韻正略》。所著《側帽集》後更名《飲水集》者皆詞也。好觀北宋之作，不喜南渡諸家，而清新秀雋，自然超逸，海內名爲詞者皆歸之。數歲即善騎射，自在環衛，益便習，發無不中。其扈蹕時，珮弓書卷，錯雜左右，日則校獵，夜必讀書。不肯輕爲人謀，謀必竭其肺腑。所交遊皆一時儁異，於世所稱落落難合者，若無錫嚴繩孫、顧貞觀、秦松齡、宜興陳維崧、慈谿姜宸英，尤所契厚。吳江吳兆騫，久徙絕塞，性德聞其才名，贖而還之。坎軻失職之士，走京師，生館死殯，於貲財無所計惜。生於順治十一年（一六五四），卒於康熙二十四年（一六八五），年三十一。（節錄徐乾學：《納蘭君墓誌銘》）曾刊《通志堂經解》，自著有《通志堂集》後附《通志堂詞》，爲顧貞觀所定。清季許增復爲彙集諸家刊本，爲《納蘭詞》五卷，附補遺一卷，刊入《楡園叢刻》中。朱孝臧題云："蘭錡貴，肯作稱家兒？解道紅羅亭上語，人間寧獨小山詞？冷暖自家知。"（《彊邨語業》卷三）清代令詞，蓋未有過於性德者矣。

【集評】

顧貞觀曰：容若天資超逸，儵然塵外，所爲樂府小令，婉麗淒清，使讀者哀樂不知所主，如聽中宵梵唄，先悽惋而後喜悅。（《通志堂詞序》）又曰：容若詞一種悽惋處，令人不能卒讀，人言愁，我始欲愁。（榆園本《納蘭詞評》）陳維崧曰：飲水詞哀感頑豔，得南唐二主之遺。（《詞評》）周之琦曰：或言：納蘭容若，南唐李重光後身也。予謂重光天籟也，恐非人力所能及。容若長調多不協律，小令則格高韻遠，極纏綿婉約之致，能使殘唐墜緒，絕而復續，第其品格，殆叔原、方回之亞乎？（《篋中詞》一引）況周頤曰：容若承平少年，烏衣公子，天分絕高。適承元、明詞敝，甚欲推尊斯道，一洗雕蟲篆刻之譏。獨惜享年不永，力量未充，未能勝起衰之任。其所為詞，純任性靈，纖塵不染，甘受和，白受采，進於沈著渾至何難矣。（《蕙風詞話》卷五）王國維曰：納蘭容若以自然之眼觀物，以自然之舌言情，此由初入中原，未染漢人風氣，故能真切如此，北宋以來，一人而已！（《人間詞話》上）

沈 雄

金明池 秣陵懷古

　　山上圍棋，渡頭麾扇，那怯寒潮夜雨？重借問繁華六代，又荒堞斷碑如許！願官家世世生來，莫應似衰草斜陽垂暮。歎幕府頻移，鑾輿潛幸，一任晚風吹去。　江左夷吾在何處？便星散雲馳，此身無主。問滿目虎旅鴛行，還講得舊時門戶？最傷心煙柳臺城，儘巷口烏衣，興亡難訴。但萬里長江，未銷離恨，一派濤聲猶怒。

【評】葉恭綽曰：亦興亡之感。（《廣篋中詞》一）
　上沈雄詞一首，錄自《柳塘詞》。

【小傳】

　　沈雄字偶僧，江蘇吳江人。著有《古今詞話》《柳塘詞》。

陳 嶧

大酺　王府基懷古

　　記白駒兵，齊雲火，一晌繁華何處？宮基春草綠，任鶯歌
花笑，更無人妒。石馬苔纏，銅仙淚滴，麋鹿也曾遊否？英雄
消沈盡，問當年割據，霸圖誰誤？但贏得淒涼，五更霜角，滿
城風絮。　乾坤真逆旅！看濠泗樓櫓橫江渡。又轉眼灰飛玉座，
雨冷金溝，歎神京不堪重顧。萬朵愁雲涌，還悄把蔣陵遮住。
接直北煤山路。興亡彈指，何況張王非故？江南庾郎一賦。

上陳嶧詞一首，錄自《呵壁詞》。

【小傳】

　　陳嶧字咸京，號岞嵐，晚號慧香，江蘇華亭人。貢生，以薦充纂
修詩經館分校，議叙知縣。遽乞歸，杜門著述。著有《祖硯堂集》《呵
壁詞》。

厲　鶚

齊天樂　<small>吳山望隔江霽雪</small>

瘦笻如喚登臨去，江平雪晴風小。涇粉樓臺，釀寒城闕，不見春紅吹到。微茫越嶠，但半沍雲根，半銷沙草。爲問鷗邊，而今可有晉時櫂？　清愁幾番自遣，故人稀笑語，相憶多少？寂寂寥寥，朝朝暮暮，吟得梅花俱惱。將花插帽，向第一峯頭，倚空長嘯。忽展斜陽，玉龍天際繞。

【評】譚獻曰：頓挫跌宕。（《篋中詞》二）

百字令　<small>丁酉清明</small>

春光老去，恨年年心事，春能拘管。永日空園雙燕語，折盡柳條長短。白眼看天，青袍似草，最覺當歌嬾。愔愔門巷，落花早又吹滿。　凝想煙月當時，餳簫舊市，慣逐嬉春伴。一自笑桃人去後，幾葉碧雲深淺。亂擲榆錢，細垂桐乳，尚惹遊絲轉。望中何處？那堪天遠山遠！

【評】譚獻曰：忍俊不禁。（《篋中詞》二）

疏影　　湖上見柳影，因賦此闋。

輕陰冉冉，正嫩苔弄碧，庭宇深掩。千縷柔魂，搖蕩如煙，無端忽度闌檻。章臺路暗人歸處，看足了斜陽濃淡。又幾痕水際低窺，近日楚腰全減。　依約勻梳月底，亂雲鋪滿徑，籠住文簟。欲結同心，空試萰苗，作就三分銷黯。寒添白袷清明後，掃不盡隨風微斂。最鏡中再寫秋疏，記得踏枝鴉點。

眼兒媚

一寸橫波惹春留，何止最宜秋。妝殘粉薄，衿嚴消盡，只有溫柔。　當時底事恩恩去？悔不載扁舟。分明記得，吹花小徑，聽雨高樓。

玉漏遲　　永康病中，夜雨感懷。

薄遊成小倦。驚風夢雨，意長賤短。病與秋爭，葉葉碧梧聲顫。溪鼓山城暗數，更穿入溪雲千片。燈暈翦，似曾認我，茂陵心眼。　少年不負吟邊，幾熨帛光陰，試香池館。歡境消磨，盡付砌蟲微歎。客子關情藥裏，覓何地煙林疏散？懷正遠，胥濤曉喧楓岸。

【評】陳廷焯曰：此詞似周草窗，而騷情雅意，更覺過之。（《白雨齋詞話》卷四）　譚獻曰：柔厚幽淼。（《篋中詞》二）

百字令

月夜過七里灘，光景奇絕。歌此調，幾令眾山皆響。

秋光今夜，向桐江，爲寫當年高蹋。風露皆非人世有，自坐船頭吹竹。萬籟生山，一星在水，鶴夢疑重續。篌音遙去，西巖漁父初宿。　心憶汐社沈埋，清狂不見，使我形容獨。寂寂冷螢三四點，穿過前灣茅屋。林淨藏煙，峯危限月，帆影搖空綠。隨風飄蕩，白雲還臥深谷。

【評】陳廷焯曰：無一字不清俊。又曰：練字練句，歸於純雅，此境亦未易到。（《白雨齋詞話》卷四）譚獻曰：與於湖：《洞庭詞》，壯浪幽奇，各極其勝。（《篋中詞》二）

憶舊遊

辛丑九月既望，風日清霽，喚艇自西堰橋，沿秦亭、法華、灣泂以達於河渚。時秋蘆作花，遠近縞目。回望諸峯，蒼然如出晴雪之上。庵以"秋雪"名，不虛也。乃假僧榻，偃仰終日，唯聞櫂聲掠波往來，使人絕去世俗營競所在。向晚宿西溪田舍，以長短句紀之。

遡溪流雲去，樹約風來，山擘秋眉。一片尋秋意，是涼花載雪，人在蘆碕。楚天舊愁多少，飄作鬢邊絲。正浦溆蒼茫，閑隨野色，行到禪扉。　忘機，悄無語，坐雁底焚香，蚕外絃詩。又送蕭蕭響，盡平沙霜信，吹上僧衣。憑高一聲彈指，天地入斜暉。已隔斷塵喧，門前弄月漁艇歸。

【評】譚獻曰：白石卻步。（《篋中詞》二）

齊天樂　秋聲館賦秋聲

　　簟凄燈暗眠還起，清商幾處催發？碎竹虛廊，枯蓮淺渚，不辨聲來何葉？桐飆又接。盡吹入潘郎，一簪愁髮。已是難聽，中宵無用怨離別。　陰蟲還更切切。玉窗挑錦倦，驚響檐鐵。漏斷高城，鐘疏野寺，遙送涼潮嗚咽。微吟漸怯。訝籬豆花開，雨篩時節。獨自開門，滿庭都是月。

【評】譚獻曰：詞禪。（《篋中詞》二）

八歸　隱几山樓賦夕陽

　　初翻雁背，旋催鴉翼，高樹半掛微暈。銷凝最是登樓意，常對亂波紅蘸，遠山青襯。不管長亭歌欲斷，漸照去鞭痕將隱。想故苑燕麥離離，滿地弄金粉。　何況春遊乍歇，花愁多少，只惱黃昏偏近。冷和帆落，慘連笳起，更帶孤煙斜引。誤雕闌倚遍，霽色明朝也應準。無言處，望中容易，下卻西牆，相思人老盡。

【評】譚獻曰：無垂不縮。（《篋中詞》二）

摸魚兒　蕪城清明

　　杏餳香鬧花門巷，家家風外晴穩。來時猶道江程短，定不短如愁鬢。飛絮近，作酒惡寒輕，只是無人問。紅絲硯潤。便杜老傷春，江郎賦別，難寫此時恨。　西湖路，最愛山聯眉暈。
遊船曾記歸盡。綠楊闌角聽鶯坐，知我平生疏俊。情一寸，回
首處，雲容水態還相引。天涯自哂。繞九里街中，三分月底，
誰與寄芳信？

掃花遊

乙巳三月二十三日，客揚州，空齋積雨，孤愁特甚，問人，
始知是春盡日也。黯然於懷，賦寄尺鳧。

折花泛舸，又夜淺燈孤，綠陰如許！舊遊間阻。聽簹聲壓
酒，醉醒無據。落魄多愁，尚記羅裙雁柱。向南浦，訝楊柳今
朝，腰瘦慵舞。　行遍深院宇，已負了春來，忍教春去？笑人易
誤，似山中枕石，頓忘時序。小檻櫻桃，更憶西園勝聚。寄情
處，畫當年滿湖煙雨。

謁金門　七月既望，湖上雨後作。

憑畫檻，雨洗秋濃人淡。隔水殘霞明冉冉，小山三四點。　艇
子幾時同泛？待折荷花臨鑑。日日綠盤疏粉豔，西風無處減。

【評】陳廷焯曰：中有怨情，意味便厚，否則無病呻吟，亦可不必。
（《白雨齋詞話》卷四）
上厲鶚詞十二首，錄自《樊榭山房詞》。

【小傳】

厲鶚字太鴻，號樊榭，浙江錢塘人。康熙庚子（一七二〇）舉於
鄉。將入都，道經天津，查蓮坡（爲仁）留之水西莊，同撰周密《絕

妙好詞箋》。乾隆初舉鴻博，報罷。客揚州，有馬氏藏書最富，延主其家，盡探其秘牒。大江南北，主盟壇坫，凡數十年。性耽閒靜，愛山水，尤工詩餘，擅南宋諸家之勝。（《國朝先正事略》卷四十一《文苑傳》）生於康熙三十一年（一六九二），乾隆十七年（一七五二）卒。著有《宋詩紀事》《樊榭山房集》等。朱孝臧題其《樊榭山房詞》云：“南湖隱，心折小長蘆。拈出空中傳恨語，不知探得頷珠無？神悟亦區區！”（《彊邨語業》卷三）厲氏固浙西詞派之中堅人物也。

【集評】

徐紫珊曰：樊榭詞生香異色，無半點煙火氣，如入空山，如聞流泉，真沐浴於白石、梅谿而出之者。　陳玉几曰：樊榭詞清真雅正，超然神解；如金石之有聲，而玉之聲清越；如草木之有花，而蘭之味芬芳。　趙意田曰：《琴雅》（樊榭詞一題《秋林琴雅》）一編，節奏精微，輒多絃外之響，是謂以無累之神，合有道之器者。（以上並見《藝蘅館詞選》）　譚獻曰：填詞至太鴻，真可分中仙、夢窗之席。世人爭賞其餖飣竄弱之作，所謂“微之識碔砆”也。《樂府補題》，別有懷抱。後來巧構形似之言，漸忘古意，竹垞、樊榭，不得辭其過。浙派爲人詬病，由其以姜、張爲止境，而又不能如白石之澀，玉田之潤。錄乾隆以來詞慎取之。（《篋中詞》二）　陳廷焯曰：厲樊榭詞，幽香冷豔，如萬花谷中，雜以芳蘭，在國朝詞人中，可謂超然獨絕者矣！論者謂其沐浴於白石、梅谿，（徐紫珊語）此亦皮相之見。大抵其年、錫鬯、太鴻三人，負其才力，皆欲於宋賢外別開天地，而不知宋賢範圍必不可越，陳、朱固非正聲，樊榭亦屬別調。樊榭詞拔幟於陳、朱之外，窈曲幽深，自是高境。然其幽深處在貌而不在骨，絕非從楚騷來，故色澤甚饒，而沈厚之味終不足也。樊榭措詞最雅，學者循是以求深厚，則去姜、史不遠矣。（《白雨齋詞話》卷四）

蔣士銓

百字令　蔡文姬擘阮圖

畫中人面，坐胡牀摘阮，雙雛侍側。貂帽蠻靴垂辮髮，絕代春風顏色。斾帳魂孤，兜離語異，獵騎如雲黑。閼氏年少，此時應也頭白。　當日一樣還朝，羌兒淚灑，不若蘇通國。留取餘生埋衛冢，蓬首翻求國賊。虎士如林，龍驤滿廄，都尉何恩德？那堪再誤？胡笳不用多拍。

水調歌頭　舟次感成

偶爲共命鳥，都是可憐蟲。淚與秋河相似，點點注天東。十載樓中新婦，九載天涯夫婿，首已似飛蓬。年光愁病裏，心緒別離中。　詠春蠶，疑夏雁，泣秋蛩。幾見珠圍翠繞，含笑坐東風？聞道十分消瘦。爲我兩番磨折，辛苦念梁鴻。誰知千里夜，各對一鐙紅！

【評】譚獻曰：生氣遠出，善學坡仙。（《篋中詞》二）
上蔣士銓詞二首，錄自《銅絃詞》。

【小傳】

蔣士銓字心餘，一字苕生，號清容，江西鉛山人。乾隆丁卯（一七四七）舉人，丁丑（一七五七）進士，授編修，在官八年，歸主蕺山、崇文、安定三書院。風神散朗，激揚風義，甄拔寒畯，有古烈士風。工詩詞，尤長劇曲。（《國朝先正事略》卷四十一《文苑》）以乾隆四十九年（一七八四）卒，距生雍正三年（一七二五），年六十一。
著有《忠雅堂集》《銅絃詞》《藏園九種曲》等。詞格與陳維崧爲近，
亦一時風氣使然也。

吳翌鳳

玉樓春

空園數日無芳信，惻惻殘寒猶未定。柳邊絲雨燕歸遲，花外小樓簾影靜。　憑欄漸覺春光暝，悵望碧天帆去盡。滿隄芳草不成歸，斜日畫橋煙水冷。

【評】譚獻曰：俊絕。（《篋中詞》三）

桂枝香

壬辰秋，蒙泉有湘中之遊，蠢槎歌此調送之，邀予同作。

蘋風吹晚，送兩槳寒潮，去程同遠。多少江南舊恨，客懷難遣。楚天歸夢沈沈闊，瑣窗寒靜隨宵掩。微霜影裏，香銷燭燼，乍聞新雁。　念自昔紅亭翠館，悵十載盟鷗，便教飛散。數遍亂山荒驛，甚時重見？鄉關此後多風雪，怕黃昏畫角吹怨。相思空記，寒梅一樹，和香同翦。

【評】譚獻曰：善用逆筆。（《篋中詞》三）
上吳翌鳳詞二首，錄自《曼香詞》。

【小傳】

吳翌鳳字伊仲，號枚庵，江蘇吳縣人。乾隆七年（一七四二）生。嘉慶諸生，客遊楚南，垂老始歸。築室曰"歸雲舫"，奉母著書其中，手鈔書數千百卷，多藏書家所未見。嘉慶二十四年（一八一九）卒。所撰《吳梅村詩集箋注》，能正舊注之失，盛行於世。別有《與稽樓叢稿》《曼香詞》等書。

左 輔

浪淘沙

曹溪驛折桃花一枝，數日零落，裹花片投之涪江，歌此送之。

水輭櫓聲柔，草綠芳洲，碧桃幾樹隱紅樓。者是春山魂一片，招入孤舟。 鄉夢不曾休，惹甚閒愁？忠州過了又涪州。擲與巴江流到海，切莫回頭！

【評】譚獻曰：所感甚大。（《篋中詞》三）

南浦　夜尋琵琶亭

潯陽江上，恰三更霜月共潮生。斷岸高低向我，漁火一星星。何處離聲刮起？撥琵琶千載臙空亭。是江湖倦客。飄零商婦，於此盪精靈。 且自移船相近，繞回闌百折覓愁魂。我是無家張儉，萬里走江城。一例蒼茫弔古，向荻花楓葉又傷心。只琵琶響斷，魚龍寂寞不曾醒。

【評】譚獻曰：濡染大筆，此道遂尊。（《篋中詞》三）
上左輔詞二首，錄自《篋中詞》。

【小傳】

左輔字仲甫，一字蘅友，號杏莊，江蘇陽湖人。乾隆十六年（一七五一）生。以進士分發安徽，任知縣，治行素著，能得民心。嘉

慶間，官至湖南巡撫。道光十三年（一八三三）卒。著有念宛齋詩、
詞、古文、書牘等五種。

張惠言

木蘭花慢　楊花

　　儘飄零盡了，何人解當花看？正風避重簾，雨回深幕，雲護輕幡。尋他一春伴侶，只斷紅相識夕陽間。未忍無聲委地，將低重又飛還。　疏狂情性，算淒涼耐得到春闌。便月地和梅，花天伴雪，合稱清寒。收將十分春恨，做一天愁影繞雲山。看取青青池畔，淚痕點點凝斑。

【評】譚獻曰：撮兩宋之菁英。（《篋中詞》三）

水調歌頭五首　春日賦示楊生子掞

　　東風無一事，妝出萬重花。閑來閱遍花影，惟有月鉤斜。我有江南鐵笛，要倚一枝香雪，吹徹玉城霞。清影渺難即，飛絮滿天涯。　飄然去，吾與汝，泛雲槎。東皇一笑相語：芳意在誰家？難道春花開落，更是春風來去，便了卻韶華。（榆案：依律應上二下三，此句作上一下四，殊爲不合。）花外春來路，芳草不曾遮。

　　百年復幾許？慷慨一何多！子當爲我擊筑，我爲子高歌。招手海邊鷗鳥，看我胸中雲夢，蔕芥近如何？楚越等閒耳，肝膽有風波。　生平事，天付與，且婆娑。幾人塵外相視，一笑醉顏酡。看到浮雲過了，又恐堂堂歲月，一擲去如梭。勸子且秉燭，爲駐好春過。

疏簾捲春曉，胡蝶忽飛來。遊絲飛絮無緒，亂點碧雲釵。
腸斷江南春思，黏著天涯殘夢，膁有首重回。銀蒜且深押，疏
影任徘徊。　羅帷卷，明月入，似人開。一尊屬月起舞，流影入
誰懷？迎得一鉤月到，送得三更月去，鷥燕不相猜。但莫憑欄
久，重露溼蒼苔。

今日非昨日，明日復何如？褐來真悔何事，不讀十年書。
爲問東風吹老，幾度楓江蘭徑，千里轉平蕪。寂寞斜陽外，渺
渺正愁予！　千古意，君知否？只斯須。名山料理身後，也算
古人愚。一夜庭前綠遍，三月雨中紅透，天地入吾廬。容易眾
芳歇，莫聽子規呼。

長鑱白木柄，剗破一庭寒。三枝兩枝生綠，位置小窗前。
要使花顏四面，和著草心千朵，向我十分妍。何必蘭與菊，生
意總欣然。　曉來風，夜來雨，晚來煙。是他釀就春色，又斷送
流年。（榆案：此句句律誤同前。）便欲誅茅江上，只恐空林衰
草，憔悴不堪憐。歌罷且更酌，與子遶花間。

【評】譚獻曰：臾襟學問，醞釀噴薄而出，賦手文心，開倚聲家未有之
境。（《篋中詞》三）陳廷焯曰：皋文《水調歌頭》五章，既沈鬱，又
疏快，最是高境。陳、朱雖工詞，究曾到此地步否？不得以其非專
門名家少之。熱腸鬱思，若斷仍連，全自風、騷變出。（《白雨齋詞
話》四）

相見歡

年年負卻花期！過春時，只合安排愁緒送春歸。 梅花雪，梨花月，總相思。自是春來不覺去偏知。

【評】譚獻曰：信手拈來。（《篋中詞》三）

木蘭花慢　遊絲同舍弟翰風作

是春魂一縷，銷不盡，又輕飛。看曲曲回腸，愁儂未了，又待憐伊。東風幾回暗翦，儘纏綿未忍斷相思。除有沈煙細裊，閒來情緒還知。 家山何處？爲春工容易到天涯。但牽得春來，何曾繫住？依舊春歸。殘紅更無消息，便從今休要上花枝。待祝梁間燕子，銜他深度簾絲。

【評】譚獻曰：屈曲洞達。（《篋中詞》三）

玉樓春

一春長放秋千靜，風雨和愁都未醒。裙邊餘翠掩重簾，釵上落紅傷晚鏡。 朝雲卷盡雕闌暝，明月還來照孤凭。東風飛過悄無蹤，卻被楊花微送影。

【評】譚獻曰：善學子野。（《篋中詞》三）

風流子　出關見桃花

海風吹瘦骨，單衣冷四月出榆關。看地盡塞垣，驚沙北走；山侵溟渤，疊障東還。人何在？柳柔搖不定，草短綠應難。一樹桃花，向人獨笑；頹垣短短，曲水彎彎。　東風知多少？帝城三月暮，芳思都刪。不爲尋春較遠，辜負春闌。念玉容寂寞，更無人處，經他風雨，能幾多番？欲附西來驛使，寄與春看。

上張惠言詞十首，錄自《茗柯詞》。

【小傳】

張惠言字皋文，江蘇武進人。嘉慶四年（一七九九）進士，官編修，七年（一八〇二）卒。距生乾隆二十六年（一七六一），年四十二。少爲詞賦，嘗擬司馬相如、揚雄之文。深於易學。又嘗輯《詞選》，爲常州詞派之開山。（《國朝先正事略》卷三十六《經學傳》）著有《茗柯文集》及《茗柯詞》。其《詞選序》略云：「詞者，蓋出於唐之詩人，採樂府之音，以製新律，因繫其詞，故曰詞。其緣情造端，興於微言，以相感動，極命風謠里巷男女哀樂，以道賢人君子幽約怨悱不能自言之情，低徊要眇，以喻其致，蓋詩之比興，變風之義，騷人之歌，則近之矣。」自張選出而詞體遂尊。朱孝臧題其《茗柯詞》云：「回瀾力，標舉選家能。自是詞源疏鑿手，橫流一別見淄澠。異議四農生。」（《彊邨語業》卷三）四農爲潘德輿字，嘗謂：「張氏詞選，抗志希古，標高揭己，宏音雅調，多被排擯，五代、北宋，有自昔傳誦，非徒隻字之警者，張氏亦多恝然置之。」（《與葉生書》）要之清詞至常州派出而體格一變，實受此選之影響，餘波至晚近，猶未盡絕，真所謂「詞源疏鑿手」也。惠言甥董士錫，字晉卿，能傳其學。至周濟《宋四家詞選》出，加以擴充，而詞派以成，此清詞之一大關鍵也。（參考拙作《論常州詞派》）

張　琦

摸魚兒

漸黃昏楚魂愁斷，嗁鵑早又相喚。芳心欲寄天涯路，無奈水遙山遠！春過半，看絲影花痕，胃盡青苔院。好春一片，只付與輕狂，蜂兒蝶子，吹送午塵暗。　關山客，漫說歸期易算，知他多少凄怨？不曾真箇東風妒，已是燕殘鶯嬾。春晼晚，怕花雨朝來，一霎方塘滿。嫣紅誰伴？儘倚遍回闌，暮雲過盡，空有淚如霰。

【評】譚獻曰：風刺隱然。（《篋中詞》三）

南浦

驚回殘夢，又起來清夜正三更。花影一枝枝瘦，明月滿中庭。道是江南綺陌，卻依然小閣倚銀屏。悵海棠已老，心期難問，何處望高城？　忍記當時歡聚，到花時長此託春醒。別恨而今誰訴？梁燕不曾醒。簾外依依香絮，算東風吹到幾時停？向鴛衾無奈，嗁鵑又作斷腸聲。

【評】譚獻曰：所謂“深美閎約”。（《篋中詞》三）
　上張琦詞二首，錄自《立山詞》。

【小傳】

　　張琦字翰風，江蘇陽湖人。初名翊，號宛鄰。嘉慶十八年（一八一三）舉人，歷署鄒平、章邱、館陶知縣，所至有政績。工詩、詞、古文及分隸，尤精輿地之學，兼善醫。詞與兄惠言齊名，以乾隆二十九年（一七六四）生，道光十三年（一八三三）卒。著有《戰國策釋地》《素問釋義》《宛鄰文集》《立山詞》等書。

【集評】

　　譚獻曰：翰豐與哲兄同撰《宛鄰詞選》，雖町畦未盡，而奧窔始開。其所自爲，大雅遒逸，振北宋名家之緒。其子仲遠序《同聲集》有云：“嘉慶以來名家，均從此出。”信非虛語。周止齋益窮正變，潘四農又持異論，要之倚聲之學，由二張而始尊耳。（《篋中詞》三）

嚴元照

念奴嬌

　　紅樓珠箔，護輕寒四面，垂垂不卷。鴛甃幾番連夜雨，添了曉妝春倦。柳待搖波，梅還慳雪，未覺東風輭。橫塘路迥，踏青情緒先嬾。　望極迢遞春江，歸帆何處？芳草和天遠。欲寄天涯無好夢，夢與行雲都斷。鸞鏡塵昏，獸鑪香冷，蕉萃無人管。西園華事，一年判付鶯燕。

【評】譚獻曰：過變以下，沈鬱頓挫。（《篋中詞續》二）

定風波　擬六一詞

　　一寸光陰一寸金，養華天氣半晴陰。莫管新來人漸老，還要，玉觴華下十分深。　往事分明還記得，傾國，清歌一曲墮瑤簪。幾日慵慵成酒病，休問，去年華放到而今。

【評】顧翰曰：深情以淺語出之，使人低回不盡。（《篋中詞續》二引）
上嚴元照詞二首，錄自《柯家山館詞》。

【小傳】

　　嚴元照字修能，一字九能，浙江歸安人。乾隆三十八年（一七七三）生。十歲能作四體書，有奇童之目。致力經傳，絕意仕進，於聲音訓詁之學，多所闡發。嘉慶二十二年（一八一七）卒。著有《爾雅匡名》《娛親雅言》等書，及《柯家山館詞》。朱孝臧題云：“娛親暇，餘事作詞人。

廿載柯家山下客，空齋畫扇亦前因，成就苦吟身。"（《彊邨語業》卷三）
亦見其品格之高矣。

鄧廷楨

買陂塘　贖裘

悔殘春鑪邊買醉，豪情脫與將去。雲煙過眼尋常事，怎奈天寒歲暮！寒且住！待積取叉頭，還爾綈袍故。喜餘又怒。悵子母頻權，皮毛細相，斗撳已微蛀。　銅斗熨，皺似春波無數，酒痕襟上猶涴。歸來未負三年約，死死生生漫訴。凝睇處，歎毳幕氈廬，久把文姬誤。花風幾度？怕白袷新翻，青蚨欲化，重賦贈行句。

【評】譚獻曰：姿態橫生。(《篋中詞續》)

高陽臺　玉泉山燕集

迤轉疏花，畦連寒菜，籃輿一路秋光。琴筑聲清，冷泉緩瀉鴛漿。憑高莫向闌干倚，倚闌干容易斜陽。寫閒情，細把金英，淺醉瑤觴。　欃槍未掃鐃歌唱，歎軍符憔悴，戰壘蒼涼。飲至筵開，愁聽滿耳伊涼。卻憐老圃霜華重，怕孤他晚節幽香。乍歸來，鐙火城南，澹月昏黃。

【評】譚獻曰：竟有新亭之淚。(《篋中詞續》)

好事近

雲母小窗虛，窗濾金波疑溼。搖曳柳煙如夢，盪一絲寒碧。　天涯猶有未歸人，遙夜耿相憶。料得平沙孤艇，聽征鴻嘹嚦。

【評】譚獻曰：韻勝。（《篋中詞續》）

水龍吟　雪中登大觀亭

關河凍合梨雲，衝寒猶試連錢騎。思量舊夢，黃梅聽雨，危闌倦倚。披氅重來，不分明處，可憐煙水。算夔巫萬里，金焦兩點，誰說與，蒼茫意？　卻憶蛟臺往事，耀弓刀舳艫天際。而今賸了，低迷魚艇，模黏雁字。我輩登臨，殘山送暝，遠江延醉。折梅花去也，城西炬火，照瓊瑤碎。

換巢鸞鳳

少穆（林則徐）留鎮兩粵，而余承乏三江，臨行賦此。

梅嶺煙宵，正南枝意懶，北蕦香饒。甚因催燕睇？底事趁鴻遙？頭番消息恰春朝。蓼汀杏梁，青雲換巢。離亭柳，漫綰綾綵繫人蘭橈。　思悄，波渺渺。簫鼓月明，何處長安道？洗手諳姑，畫眉詢壻，三日情懷應惱。新婦無端置車帷，故山還許尋芳草。珠瀛清，者襟期兩地都曉。

酷相思　寄懷少穆

百五佳期過也未？但笳吹，催千騎。看珠澥盈盈分兩地。君住也，緣何意？儂去也，緣何意？　召緩徵和醫並至。眼下病，肩頭事，怕愁重如春擔不起。儂去也，心應碎！君住也，心應碎！

【評】譚獻曰：三事大夫，憂生念亂，"敦我"之歎，其氣已餒。（《篋中詞續》）

上鄧廷楨詞六首，錄自江寧鄧氏精刊本《雙硯齋詞》。

【小傳】

鄧廷楨字嶰筠，江蘇江寧人。嘉慶進士，道光間官兩廣總督。時值禁煙，與英人六接戰，英船皆傷退，終其任不得入虎門。後調閩浙。坐事戍伊犁。旋召回，官至陝西巡撫，精吏治，有神明稱。道光二十六年（一八四六）卒。距生乾隆四十年（一七七五），年七十二。著有《詩雙聲叠韻譜》《說文解字雙聲叠韻譜》等書。宋翔鳳序其《雙研齋詞》云："先生持節數省，潔清自守，居處飲食，一如寒素，胸次坦白，耆欲尤鮮。惟於音律，殆由夙授，分刌節度，有顧曲風，而於古人之詞，靡不博綜。其自製詞則雍容和諧，寫其一往。纖掣之音，逆濫之響，與塵坌而共洗，偕風露而俱清，雖所存無多，而所託甚遠。"頗能道出嶰筠詞之深致。

【集評】

譚獻曰：鄧嶰筠督部《雙研齋詞》，宋於廷序之。忠誠悱惻，咄唶乎騷人，徘徊乎變雅，將軍白髮之章，門掩黃昏之句，後有論世知人者，當以爲歐、范之亞也。（《復堂日記》）

董士錫

木蘭花慢　武林歸舟中作

看斜陽一縷，剛送得，片帆歸。正岸繞孤城，波回野渡，月暗閒堤。依稀是誰相憶？但輕魂如夢逐煙飛。贏得雙雙淚眼，從教浣盡羅衣。　江南幾日又天涯，誰與寄相思？悵夜夜霜花，空林開遍，也只儂知。安排十分秋色，便芳菲總是別離時。惟有醉將醽醁，任他柔櫓輕移。

疏影

庭中桂華盛開，因憶往歲偕亡友江安甫吳山之遊，感而賦此。

香林映月，有黃英數樹，金粟重疊。見說亭皋，斜倚晴空，依稀此地離別。西風一夜窗前度，乍變了霜痕葉葉。是耶非？吹到空山，已誤再來時節。　堪笑年年顦顇，鬢絲換幾縷？長共愁絕。自是花工，解釋秋情，染就千枝絳雪。明朝試與簪花去，怕滿鏡星星華髮。莫等閒消受黃昏，斷送玉顏香骨。

風入松　感逝

碧林風樹夜爭鳴，離緒最先驚。分明付與人腸斷，爲秋聲怕聽春聲。卻是清商送我，誰人解道愁生？　莫須收汝淚縱橫，餘恨更難平。斷魂化作蛛絲去，向簷前黏住紅英。怎祝東風一夜，和他塵夢吹醒？

菩薩蠻　湖上送別

西風日日吹空樹，一林霜葉渾無主。山色接湖光，離情自此長。　離情隨綠草，綠遍江南道。他日望君來，相思又綠苔。

江城子　里中作

寒風相送出層城。曉霜凝，畫輪輕。牆內烏啼，牆外少人行。折盡垂楊千萬縷，留不住，此時情。　紅橋獨上數春星。月華生，水天平。鏡裏夫容，應向臉邊明。金雁一雙飛過也！空目斷，遠山青。

【評】譚獻曰：格高。（《篋中詞》三）

虞美人

韶華爭肯偎人住？已是滔滔去。西風無賴過江來，歷盡千山萬水幾時回？　秋聲帶葉蕭蕭落，莫響城頭角。浮雲遮月不分明，誰挽長江一洗放天青？

憶舊遊

寄題"落花人獨立，微雨燕雙飛"卷子。

悵韶華逝水，萬點胭脂，零亂成堆。花面非人面，早芹泥送冷，獨下空階。燕兒似惜花落，雙影尚徘徊。又暗雨如絲，和愁織遍，淒絕池臺！　蕭齋怨離阻，盼舊侶歸時，與訴春懷。

淚眼無晴日，有當年笑口，知爲誰開？買歡臟買腸斷，從此怕銜杯。算好夢偏遙，東風慣帶幽恨來。

【評】譚獻曰：鬱勃無端。（《篋中詞續》二）

蘭陵王　江行

水聲咽，中夜蘭橈暗發。殘春在，催暖送晴，九十韶光去偏急。垂楊手漫折，難結，輕帆一葉。離亭遠，歸路漸迷，千里滄波楚天闊。　餘寒乍消歇。臟霧鎖花魂，風砭詩骨。茫茫江草連雲溼。悵綠樹鶯老，碧闌蜂瘦，空留檣燕似訴別，向人共愁絕！　重疊，浪堆雪。坐縹緲浮槎，煙外飛越。衡山一寸眉彎月，照枉渚疑鏡，亂峯如髮。扁舟獨自，記舊夢，忍細說？

上董士錫詞八首，錄自江陰繆氏本《齊物論齋詞》。

【小傳】

董士錫字晉卿，一字損甫，江蘇武進人。嘉慶副貢生，候選直隸州州判。從其舅張惠言學，工古文、詩、賦，兼善填詞，精虞氏易。河督黎世墭聘修《續行水金鑑》。著有《齊物論齋集》。

【集評】

沈曾植曰：《齊物論齋詞》爲皋文正嫡。皋文疏節闊調，猶有曲子律縛不住者。在晉卿則應徽按柱，斂氣循聲，興象風神，悉舉騷雅古懷，納諸令慢。標碧山爲詞家四宗之一，此宗超詣，晉卿爲無上之乘矣。玉田所謂："清空騷雅"者，亦至晉卿而後盡其能事。其與白石不同者，白石有名句可標，晉卿無名句可標，其孤峭在此，不便摹擬亦在此。仲修備識淵源，對之一辭莫贊，毗陵詞人亦更無能嗣響者，可謂門庭峻絕！(《蒿庵瑣談》)

周　濟

渡江雲　楊花

春風真解事，等閒吹遍，無數短長亭。一星星是恨，直送春歸，替了落花聲。憑闌極目，蕩春波萬種春情。應笑人春糧幾許？便要數征程。　冥冥，車輪落日，散綺餘霞，漸都迷幻景。問收向紅窗畫篋，可算飄零？相逢只有浮雲好，奈蓬萊東指，弱水盈盈。休更惜，秋風吹老蒓羹。

【評】譚獻曰：怨斷之中，豪宕不減。（《篋中詞》三）

滿庭芳　梨花

珍重經年，玲瓏數朵，樓前越樣丰姿。東君著意，開比海棠遲。爛漫羣芳似錦，深宵露洗盡燕支。無人見，亭亭顧影，明月過牆時。　渾疑，逢洛浦，凌波佩解，天慰相思。正團圓果就，怎說將離？一翦紅襟斜度，窺鴛枕雲想輕移。年年約，湔裙俊侶，沈醉碧頗黎。

【評】譚獻曰：逋峭。（《篋中詞》三）

蝶戀花

　　柳絮年年三月暮。斷送鶯花，十里湖邊路。萬轉千回無落處，隨儂只恁低低去。　滿眼穨垣敧病樹。縱有餘英，不直封姨妒。煙裏黃沙遮不住，河流日夜東南注。

【評】譚獻曰：渾灝。（《篋中詞》三）

蝶戀花

　　絡緯嘁秋嘁不已。一種秋聲，萬種秋心裏。殘月似嫌人未起，斜光直透羅幃底。　喚起閒庭看露洗。薄翠疏紅，畢竟能餘幾？記得春花真似綺，誰將片片隨流水？

上周濟詞四首，錄自譚氏《篋中詞》三。

【小傳】

　　周濟字保緒，江蘇荆溪人。一字介存，晚號止庵。嘉慶十年（一八〇五）進士，官淮安府學教授。少與同郡李兆洛、涇縣包世臣以經世學相切劘，兼通兵家言，習擊刺騎射。淮北梟徒爲亂，制府畀以偵緝之任，屢敗擒之。以所得貲購妖姬，養豪客，意氣盛極一時。後悉棄去，隱居金陵春水園，潛心著述。所著《晉略》八十卷，論者謂借史事自抒猷畫，非徒考據而已。生於乾隆四十六年（一七八一），以道光十九年（一八三九）卒。　濟承張惠言之餘緒，又曾從董士錫共商詞學，所輯《宋四家詞選》及《詞辨》，附《介存齋論詞雜著》，獨具手眼，爲世所宗。其《味雋齋詞》自序云：“吾郡自皋文、子居兩先生開闢榛莽，以國風、離騷之恉趣，鑄溫、韋、周、辛之面目，一時作者競出，晉卿集其成。余與晉卿議論，或合或否，要其指歸，各有正鵠，倘亦知人論世者所取資也？”於此足見其造詣之一斑。朱孝臧題云：“金鍼度，詞辨止庵精。截斷眾流窮正變，一燈樂苑此長明，推演四家評。”（《彊邨語業》卷三）其推許周氏論詞之作，可謂至矣。《味雋齋詞》刊於道光癸未（一八二三），而譚氏《篋中詞》所選十首不在其中，當別有止庵詞刊本耶？往年得《存審軒詞》鈔本，一時無從覓校。

【集評】

蔣敦復曰：借得先生《存審軒詞》一卷，讀之，是真得“意內言外”之旨。蓋先生少年時，與張皋文、翰風兄弟同里相切劘，又與董晉卿各致力於詞，啟古人不傳之秘。近來浙、吳二派俱宗南宋，獨常州諸公能瓣香周、秦，以上窺唐人微旨，先生其眉目也。（《芬陀利室詞話》卷一）譚獻曰：《茗柯詞選》出，倚聲之學，日趨正鵠。張氏甥董晉卿，造微踵美，予未得其全集。止菴切磋於晉卿，而持論益精。其言曰：“慎重而後出之，馳騁而變化之，胥袪醞釀，乃有所寄。”又曰：“詞非寄託不入，專寄託不出。一物一事，引伸觸類，意感偶生，假類必達，斯入矣。萬感橫集，五中無主，赤子隨母笑嗁，野人緣劇喜怒，能出矣。”以予所見周氏撰定《詞辨》《宋四家詞筏》（案即《宋四家詞選》），推明張氏之旨而廣大之，此道遂與於著作之林，與詩賦文筆同其正變也。止菴自爲詞，精密純正，與茗柯把臂入林。（《篋中詞》三）又曰：《四家詞選》爲後來定本，陳義甚高，勝於《宛鄰詞選》，即潘四農亦無可訛諆矣。“以有寄託入，以無寄托出”，千古文章之能事盡矣，豈獨填詞爲然。（《復堂日記》）

周之琦

好事近 四首 輿中雜書所見，得四闋。

杭葦岸纔登，行入亂峯層碧。十里平沙淺渚，又渡頭人立。　笥將搖夢上輕舟，舟尾浪花溼。恰好烏篷小小，載一肩秋色。（自獲鹿至井陘，日三四問渡。）

詩句夕陽山，扇底故人曾說。好是固關西去，看萬山紅葉。　翠蛟潭上認題名，屐齒爲君折。驀地蘚花濃處，出一雙胡蝶。（陳受笙畫扇贈行，題詩有"好山都在固關西"之句。）

峻阪怯肩輿，引綆兩行猶弱。幾日牽船岸上，只蒲帆難著。　一聲碧月大隄頭，舊夢定誰託？　何似春風天半，挽秋千紅索？（入太行道中，輿前以索挽之。）

引手摘星辰，雲氣撲衣如溼。前望翠屏無路，忽天門中闢。　等閒雞犬下方聽，人住半山側。行蹴千家簷宇，看炊煙斜出。（南天門尤陡峻，人多鑿窰而居。）

蹋莎行

勸客清尊，催詩畫鼓，酒痕不管衣襟污。玉笙誰與唱消魂？醉中只想笙騰去。　綺席頻邀，高軒慣駐，悶來卻覓棲鴉語。城頭一角晉陽山，怪他青到無人處。

思佳客

帕上新題閒舊題，苦無佳句比紅兒。生憐桃萼初開日，那信楊花有定時？　人悄悄，晝遲遲，殷勤好夢託蛛絲。繡幃金鴨薰香坐，說與春寒總未知。

【評】譚獻曰：唐人佳境，寄託遙深，珠玉、六一之遺音也。（《篋中詞》三）

三姝媚

海淀集賢院，有水石花柳之勝，余歲或數十信宿。
戊寅春暮，獨遊池畔，寓物賦情，弁陽翁所謂"薄酒孤吟"者也。

交枝紅在眼。蕩簾波香深，鏡瀾痕淺。費盡春工，占勝遊惟許，等閒鴛燕。朱屟廊回，盈退粉蛛絲偷冒。小影玲瓏，冷到梨雲，便成秋苑。　容易題襟催散。又酒逐花迷，夢將天遠。繫馬垂楊，但翠眉還識，舊時人面。暗數韶華，空笑我櫻桃三見。賸有盈盈胡蝶，西窗弄晚。

【評】譚獻曰：工力甚深。（《篋中詞》三）

瑞鶴仙　四月六日出都，小憩蘆溝橋，偶述。

柳絲征袂綰。試錦羽初程，玉驄猶戀。銅街佩聲遠。向天邊回首，故人如面。藤陰翠晚，但怪得琴尊夢短。有遊蜂知我

心期，剛是褪紅曾見。　還看，珠巢題字，墨暈初乾，酒痕微
泫。晴雲乍展，春已在，驛橋畔。問柔波一樣，仙源流下，爲
底人間較淺？要重尋京邑塵香，素襟漫浣。

【評】譚獻曰：仲宣灞岸之篇。（《篋中詞》三）

青衫溼遍

道光己丑夏五，余有騎省之戚，
偶效納蘭容若詞爲此。雖非宋賢遺譜，音節有可述者。

瑤簪墮也！誰知此恨，只在今生？怕說香心易折，又爭堪
燼落殘燈。憶兼旬病枕慣曾騰。看宵來一樣懨懨睡，尚猜他夢
去還醒。淚急翻嫌錯莫，魂消直恐分明。　回首並禽棲處，書帷
鏡檻，憐我憐卿。暫別常憂道遠，況淒然泉路深扃。有銀箋愁
寫瘞花銘。漫商量身在情長在，縱無身那便忘情？最苦梅霖夜
怨，虛窗遞入秋聲。

夜半樂

夜趨劍關，中途大雷雨，侵晨始抵宿處。

暮天畏景將下，輕陰城郭，催喚雕鞍去。到萬笏尖峯，晚
涼佳處。壞雲漸展，狂飈驟發，片時丹嶂冥迷，絳河傾注。更
迎面砰轟震雷鼓。　闇中磴道曲折，蟻磨驚旋，馬蹄愁誤。怕小
小籃輿，山靈留住。亂流趨壑，崩厓轉石，一肩穩載吟魂，等
閒偷度。曉鐘外羊腸忍回顧？　臥想今夕，犯險虛勞，快心終

阻。行不得空慚鷦鴣語，耐炎曦休恨汗涊齊紈縷。還僂指幾日消煩暑，邵平瓜買青門路。

上周之琦詞十首，錄自《心日齋詞》。

【小傳】

周之琦字稚圭，號退庵，河南祥符人。嘉慶十三年（一八〇八）進士，由翰林院編修，累官廣西巡撫，以病乞休。生於乾隆四十七年（一七八二），同治元年（一八六二）卒。輯有《心日齋十六家詞選》。譚獻稱其“截斷眾流，金鍼度與，雖未及皋文、保緒之陳義甚高，要亦倚聲家疏鑿手”。（《篋中詞》三）其自爲詞有《心日齋詞》四種。朱孝臧題云：“舟如葉，著岸是君恩。一夢金梁餘舊月，千年玉笥有歸雲，片席蛻嚴分。”（《彊邨語業》卷三）其詞格故與元張翥爲近也。第一種爲《金梁夢月詞》，有寫刻本，絕精。

【集評】

黃燮清曰：《夢月詞》渾融深厚，語語藏鋒，北宋瓣香，於斯未墜。（《詞綜續編》）

龔自珍

浪淘沙　寫夢

好夢最難留，吹過仙洲，尋思依樣到心頭。去也無蹤尋也慣，一桁紅樓。　中有話綢繆，燈火簾鉤，是仙是幻是溫柔。獨自淒涼還自遣，自製離愁。

如夢令

紫黯紅愁無緒，日暮春歸甚處？春更不回頭，撇下一天濃絮。春住！春住！黦了人家庭宇。

鵲踏枝　過人家廢園作

漠漠春蕪春不住。藤刺牽衣，礙卻行人路。偏是無情偏解舞，濛濛撲面皆飛絮。　繡院深沈誰是主？一朵孤花，牆角明如許！莫怨無人來折取，花開不合陽春暮。

減蘭

偶檢叢紙中，得花瓣一包，紙背細書辛幼安：
“更能消幾番風雨”一闋，乃是京師憫忠寺海棠花，戊辰暮春所戲爲也，泫然得句。

人天無據，被儂留得香魂住。如夢如煙，枝上花開又十年！　十年千里，風痕雨點爛斑裏。莫怪憐他，身世依然是落花。

摸魚兒

二月八日，重見於紅茶花下，擬之明月入手，彩雲滿懷。

笑銀釭一花宵綻，當筵即事如許！我儂生小幽幷住，悔不十年吳語。憑聽取，算未要量珠，雙角山頭路。生來蓬戶，只阿母憨憐，年華嬌長，寒暖仗郎護。　箏和笛，十載教他原誤，人生百事辛苦。五侯門第非儂宅，謄可五湖同去。卿信否？便千萬商量，千萬依分付。花間好住！倘燕燕歸來，紅簾雙捲，認我寫詩處。

浪淘沙　書願

雲外起朱樓，縹緲清幽，笛聲叫破五湖秋。整我圖書三萬軸，同上蘭舟。　鏡檻與香籌，雅僽溫柔。替儂好好上簾鉤。湖水湖風涼不管，看汝梳頭。

卜算子

江上有高樓，可似湖樓迴？樓外文波曲曲通，不駐驚鴻影。　蘋葉弄斜暉，蘭蕊彫明鏡。翦盡秋花漠漠寒，人臥江南病。

南浦

端陽前一日，伯恬填詞題驛壁上，淒魂曼絕，余亦繼聲。

羌笛落花天，辦香韉兩兩，愁人歸去。連夜夢魂飛，飛不到天塹東頭煙樹。空郵古戍，一燈敗壁然詩句。不信黃塵，消不盡摘粉搓脂情緒。　登車切莫回頭，怕回頭還見，高城尺五。城裏正端陽，香車過多少青紅兒女？吟情太苦！歸來未算年華誤。一劍還君君莫問，換了江關詞賦。

人月圓

綠珠不受珊瑚樹，情願故侯家。青門何有？幾堆竹素，二頃梅花。　急須料理，成都貰酒，陽羨栽茶。甘心費盡，三生慧業，萬古才華。

定風波

燕子磯頭攛笛吹，平明沈玉大王祠。無數蛾眉深院裏，晏起，曉霜江上阿誰知？　山詭潮奔千萬變，當面，身輕要喚鯉魚騎。驀地江斐催我去，飛渡，樽前說與定何時？

上龔自珍詞十首，錄自《定盦詞》。

【小傳】

龔自珍字璱人，號定庵，浙江仁和人。更名鞏祚。道光九年（一八二九）進士，授內閣中書，陞宗人府主事，尋改禮部，告歸不復出。博學，負才氣，於經通《公羊春秋》，於史長西北輿地，晚尤好佛乘。其文導源周、秦諸子，沈博奧衍，自成一家。生於乾隆五十七年（一七九二），以道光二十一年（一八四一）卒。生平著作甚富，已刊者有《定盦詩文集》及《定盦詞》等。

【集評】

譚獻曰：定公能爲飛仙、劍客之語，填詞家長爪梵志也。昔人評山谷詩，“如食蝤蛑，恐發風動氣”，予於定公詞亦云。（《篋中詞》四）又曰：閱定盦詩詞新刻本，詩佚宕曠邈，而豪不就律，終非當家；詞縣麗飛揚，意欲合周、辛而一之，奇作也。（《復堂日記》）

項廷紀

綺羅香　感舊

簾影移香，池痕浸淥，重到藏春朱戶。小立牆陰，猶認舊題詩句。記西園撲蝶歸來，又南浦片颿初去。料如今塵滿窗紗，佳期回首碧雲暮。　華年渾似流水，還怕啼鵑催老，亂鶯無主。一樣東風，吹送兩邊愁緒。正畫闌紅藥飄殘，是前度玉人憑處。賸空庭煙草淒迷，黃昏吹暗雨。

減字木蘭花　春夜閨隔牆歌吹聲

闌珊心緒，醉倚綠琴相伴住。一枕新愁，殘夜花香月滿樓。　繁笙脆管，吹得錦屏春夢遠。只有垂楊，不放秋千影過牆。

湘月

壬午九月，避喧於南山之甘露院，就泉分茗，移枕看山，相羊浹旬，塵念都淨。出院不百步，越小嶺，即虎跑也。嘗月夜獨遊，清寒特甚，賦《念奴嬌鬲指聲》一闋紀之。

繩河一雁，帶微雲澹月，吹墮秋影。風約疏鐘，似喚我同醉寺橋煙景。黃葉聲多，紅塵夢斷，中有檀欒徑。空明積水，詩愁浩蕩千頃。　乘興欲叩禪關，殘螢幾點，颭寒星不定。清夜湖山，肯付與詞客閒來消領？跨鶴天高，盟鷗緣淺，心事塘蒲冷。朔風狂嘯，滿林宿鳥都醒。

清平樂　池上納涼

水天清話，院靜人銷夏。蠟炬風搖簾不下，竹影半牆如畫。　醉來扶上桃笙，熟羅扇子涼輕。一霎荷塘過雨，明朝便是秋聲。

太常引　客中聞歌

杏花開了燕飛忙，正是好春光。偏是好春光，者幾日風淒雨涼。　楊枝飄泊，桃根嬌小，獨自箇思量。剛待不思量，吹一片簫聲過牆。

百字令　將遊鴛湖，作此留別。

啼鶯催去，便輕飄東下，居然遊子。我似春風無管束，何必揚舲千里？官柳初垂，野棠未落，纔近清明耳。歸期自問，也應芍藥開矣。　且去范蠡橋邊，試盟漚鷺，領略江湖味。須信西泠難夢到，相隔幾重煙水。翦燭窗前，吹簫樓上，明日思量起。津亭回望，夕陽紅在船尾。

三犯渡江雲

余今年二月客山陰，三月客禾中，四月七月一再至吳門，遂北渡揚子，遊金、焦兩山，留維揚六日。揭來故山，悅焉如夢。塵衣未浣，又爲豫章之行。登舟惘惘，扣舷而歌，彌覺旅懷之淒黯矣！

斷潮流月去，柁樓碎語，侵曉掛颿初。一行沙上雁，又被西風，吹影落江湖。紅牆漸遠，拂征衣自歎清臞。最淒涼疏萍膩梗，飄泊意何如？　愁余！黃花舊徑，修竹吾廬，是離魂來處。料此後詩邊酒冷，夢裏燈孤。停船莫近投書浦，況路長容易無書。歸便早，今年總負鱸魚。

水龍吟　秋聲

西風已是難聽，如何又著芭蕉雨？泠泠暗起，漸漸漸緊，蕭蕭忽住。侯館疏砧，高城斷鼓，和成悽楚。想亭皋木落，洞庭波遠，渾不見，愁來處。　此際頻驚倦旅，夜初長歸程夢阻。砌蛩自歎，邊鴻自唳，煢燈誰語？莫更傷心，可憐秋到，無聲更苦。滿寒江膩有，黃蘆萬頃，卷離魂去。

八聲甘州　黃葉樓賦夕陽

界斜紅颭出晚晴天，相看轉悽然！甚恩恩只是，橫催雁陳，低照漚眠？樹外山眉襯黛，遠道草芊芊。一段蒼茫意，都付樊川。　漢闕秦宮何處？送幾聲畫角，吹老華年。儘懂遊長好，到此黯流連。倚江樓玉人凝望，帶西風帆影落窗前。愁無限，近黃昏也，新月籠煙。

玉漏遲　冬夜聞南鄰笙歌達曙

病多懂意淺，空簧素被，伴人悽惋。巷曲誰家？徹夜錦堂高讌。一片氍毹月冷，料燈影衣香烘軟。嫌漏短，漏長卻在，者邊庭院！　沈郎瘦已經年，更嬾拂冰絲，賦情難遣。總是無

眠，聽到笛慵簫倦。咫尺銀屏笑語，早檐角驚烏啼亂。殘夢遠，
聲聲曉鐘敲斷。

臨江仙　擬南唐後主

亂紅窣地春無主，宿寒猶戀屏幃。夢中何日是歸期？玉臺
金屋，空逐彩雲飛。　煙月不知人事改，夜深來照花枝。蕙鑪香
爐漏聲遲。闌珊燈火，殘醉欲醒時。

謁金門　擬孫光憲

留不得！留也不過今日。今日雲帆天咫尺，明朝何處
覓？　江上潮平風急，吹斷幾聲殘笛？獨倚小樓寒惻惻，欲眠
燈又黑。

上項廷紀詞十二首，錄自《榆園叢刻》本《憶雲詞》。

【小傳】

項廷紀原名繼章，又名鴻祚①，字蓮生，浙江錢塘人。道光壬辰
（一八三二）舉人，春官不第②。越二年③（一八三五）卒，距生嘉慶三年
（一七九八），年僅三十八歲。著有《憶雲詞甲乙丙丁稿》，其自序云：
"生幼有愁癖，故其情豔而苦，其感於物也鬱而深；連峯巉巉，中夜猿
嘯，復如清湘夏瑟，魚沈雁起，孤月微明；其窅夐幽淒，則山鬼晨吟，
瓊妃暮泣，風饕雨鬐，相對支離；不無累德之言，抑亦傷心之極致

---

① "原名繼章，又名鴻祚" 原作 "原名鴻祚"。
② "春官" 前原有 "再上" 二字。
③ "越二年" 原作 "道光十五年"。

矣！"（《甲稿序》）又云："不爲無益之事，何以遣有涯之生？時異境遷，結習不改，霜花腴之賸稿，念奴嬌之過腔，茫茫誰復知者？"（《丙稿序》）又云："當沈鬱無憀之極，僅託之綺羅薌澤以洩其思，蓋辭婉而情傷矣！"（《丁稿序》）於此略見作者之情趣。朱孝臧題云："無益事，能遣有涯生。自是傷心成結習，不辭累德爲閒情，茲意了生平。"（《彊邨語業》卷三）亦約廷紀自序言之也。

【集評】

譚獻曰：蓮生，古之傷心人也！盪氣回腸，一波三折，有白石之幽澀而去其俗，有玉田之秀折而無其率，有夢窗之深細而化其滯，殆欲前無古人。其《乙稿自序》："近日江南諸子，競尚填詞，辨韻辨律，翕然同聲，幾使姜、張頫首。及觀其著述，往往不逮所言。"云云，婉而可思。又《丙稿序》云："不爲無益之事，何以遣有涯之生？"亦可以哀其志矣。以成容若之貴，項蓮生之富，而填詞皆幽豔哀斷，異曲同工，所謂別有懷抱者也。（《篋中詞》四）

陳 澧

水龍吟

壬辰九月之望，吾師程春海先生，與吳石華學博，登粵秀山看月，
同賦此調，都不似人間語，真絕唱也！今十五年，兩先生皆化去。
余於此夜，與許青皋、桂皓庭登山，徘徊往蹟，淡月微雲，增我怊悵，即次原韻。

詞仙曾駐峯頭，鸞吟縹緲來天際。成連去後，冰絃彈折，
百重雲水。碧月仍圓，蒼山不改，舊時煙翠。只長林墜葉，西
風過處，都吹作，秋聲起。　此夜三人對影，倚高寒紅塵全洗。
珠江滾滾，暗潮銷盡，十年心事。欲問青天，素娥卻似，霧迷
三里。臕出山回望，鐙明佛屋，有閒僧睡。

齊天樂　十八灘舟中夜雨

倦遊諳盡江湖味，孤篷又眠秋雨。碎點飄鐙，繁聲落枕，
鄉夢更無尋處。幽蛩不語，只斷葦荒蘆，亂垂煙渚。一夜瀟瀟，
惱人最是繞隄樹。　清吟此時正苦！漸寒生竹簟，秋意如許！古
驛疏更，危灘急溜，併作天涯離緒。歸期又誤！望庾嶺模糊，
涇雲無數。鏡裏明朝，定添霜幾縷。

摸魚兒

東坡江郊詩序云："歸善縣治之北，數百步抵江，
少西有磐石小潭，可以垂釣。"余訪得之，題以此闋。

繞城陰雁沙無際，水光搖漾千頃。蒼崖落地平於掌，湛翠
倒涵天鏡。風乍定，看絕底明漪，曾照東坡影。林煙送暝。只
七百年來，斜陽換盡，一片古苔冷。 幽尋處，付與牧村樵徑。
江郊詩句誰省？平生我亦煙波客，笠屐儻堪持贈？雲水性，便
掣鷺提鷗，占取無人境。商量畫幀。向碎竹叢邊，荒蘆葉畔，
添箇小漁艇。

甘州

惠州朝雲墓，每歲清明，傾城女士，酹酒羅拜。
坡公詩云："丹成逐我三山去，不作巫陽雲雨仙。"
余謂朝雲倘隨坡公仙去，轉不如死葬豐湖耳。

漸斜陽淡淡下平隄，塔影浸微瀾。問秋墳何處？荒亭葉瘦，
廢碣苔斑。一片零鐘碎梵，飄出舊禪關。杳杳松林外，添做蕭
寒。 須信竹根長臥，勝丹成遠去，海上三山。只一坏香塚，占
斷小林巒。似家鄉水仙祠廟，有西湖爲鏡照華鬟。休腸斷，玉
妃煙雨，謫墮人間。

高陽臺

元日獨遊豐湖，湖邊有張氏園林，叩門若無人者，遂過黃塘寺，
啜茗而返。憶去年此日，遊南昌螺墩，不知明年此日，又在何處也？

新曙湖山，釅寒城郭，釣船猶閣圓沙。短策行吟，何曾負
了韶華？虛亭四面春光入，愛遙峯綠到檐牙。欠些些，幾縷垂
楊，幾點桃花。　去年今日螺墩醉，記石苔留墨，窗竹搖紗。底
事年年，清遊多在天涯？平生最識閒中味，覓山僧同說煙霞。
卻輸他，斜日關門，近水人家。

百字令

夏日過七里瀧，飛雨忽來，涼沁肌骨。推篷看山，新黛如沐，嵐影入水，扁舟
如行綠顏黎中。臨流洗筆，賦成此闋。儻與樊榭老仙倚笛歌之，當令眾山皆響也。

江流千里，是山痕寸寸，染成濃碧。雨岸畫眉聲不斷，催
送蒲帆風急。疊石皴煙，明波蘸樹，小李將軍筆。飛來山雨，
滿船涼翠吹入。　便欲艤棹蘆花，漁翁借我，一領閒簑笠。不爲
鱸香兼酒美，只愛嵐光呼吸。野水投竿，高臺嘯月，何代無狂
客？晚來新霽，一星雲外猶溼。

上陳澧詞六首，錄自廣州刊本《憶江南館詞》。

【小傳】

　　陳澧字蘭甫，廣東番禺人，原籍上元。道光壬辰（一八三二）舉
人，六應會試，不售，官河源縣學訓導。汎覽羣籍，凡天文、地理、
樂律、算術、古文、駢體文、填詞、篆、籕、真、行書，無不精究。

先後主講學海堂及菊坡精舍。所著書：《漢儒通義》《東塾讀書記》，力排漢宋門戶之見。又有《聲律通考》《切韻考》等。生於嘉慶十五年（一八一〇），卒於光緒八年（一八八二）。所爲《憶江南館詞》一卷，朱孝臧題云：“甄詩格，淩沈幾家參。若舉經儒長短句，歸然高館憶江南，綽有雅音涵。”（《彊邨語業》卷三）余嘗見其手批《山中白雲詞》，並從其門人汪兆鏞處傳錄所翻白石：《暗香》《疏影》二曲譜，亦足略窺其所宗尚矣。

【集評】

譚獻曰：蘭甫先生，孫卿、仲舒之流，文而又儒，粹然大師，不廢藻詠。填詞朗詣，洋洋乎會於風雅，乃使綺靡、奮厲兩宗，廢然知反。（《篋中詞續》二）

許宗衡

西窗燭　寒月，和青耜。

蘇門煙樹，照影蒼涼，嘹鴉驚拍風翅。茫茫千里關山白，似雪路冰河，欲歸無地。憶舊遊夢裏簫聲，良夜懼悰如墜。　和愁睡。玉宇瓊樓，人間天上，都是尋常事。便教萬古團欒好，恐耐到雞鳴，也非容易。忍思量金粟前身？凍合三生清淚。

【評】譚獻曰：骨折魂驚，語語沈痛。（《篋中詞》四）

中興樂

初秋同人登龍樹寺淩虛閣，依李德潤：《瓊瑤集》體。

繞樓一帶薜蘿牆，西風瑟瑟橫塘。眼前春色，垂柳垂楊。蘆花容易如霜。雁聲長，幾時飛到？高城遠樹，亂堞斜陽。　十年冠劍獨昂藏，古來事事堪傷。狐狸誰問？何況豺狼！蘇門山影茫茫。好秋光！無端孤負，闌干倚遍，風物蒼涼。

【評】譚獻曰：止菴《詞辨》所謂"既成格調求實，實則精力彌滿"者也。（《篋中詞》四）

百宜嬌

道光己酉秋日，雨中與西澗飲揚州湖舫。

倚帽愁煙，泊舟疑夢，淒絕那知遊俊？遠樹遮樓，望中人杳，落葉滿天殘恨。誰從吟處，尚記得湖山春影。驀孤篷點點秋聲，與君宜醉休醒。　空惆悵酒杯易嗔。雲色作濃陰、暮晴無準。三月桃花，一隄楊柳，簫鼓當時曾聽。荒園廢冢，怕此後鶯聲難問。趁羈孤百感茫茫，雨斜風整。

【評】譚獻曰：宋玉微詞，蘭成小賦。（《篋中詞》四）
上許宗衡詞三首，錄自《玉井山館詩餘》。

【小傳】

許宗衡字海秋，江蘇上元人。嘉慶十六年（一八一一）生。咸豐進士，官至起居注主事。同治八年（一八六九）卒。著有《玉井山館文略》《玉井山館詩餘》。

【集評】

譚獻曰：海秋先生，傷心人別有懷抱，胷襟醖釀，非尋常文士，度越少鶴通政，爲近詞一大宗。（《篋中詞》四）

蔣春霖

木蘭花慢　江行晚過北固山

泊秦淮雨霽，又鐙火，送歸船。正樹擁雲昏，星垂野闊，暝色浮天。蘆邊夜潮驟起，暈波心月影盪江圓。夢醒誰歌楚些？泠泠霜激哀絃。　嬋娟，不語對愁眠，往事恨難捐。看莽莽南徐，蒼蒼北固，如此山川！鉤連更無鐵鎖，任排空檣艣自回旋。寂寞魚龍睡穩，傷心付與秋煙。

【評】譚獻曰：子山、子美，把臂入林。（《篋中詞》五）

浪淘沙

雲氣壓虛闌，青失遙山。雨絲風絮一番番。上巳清明都過了，只是春寒。　華髮已無端，何況華殘？飛來胡蜨又成團。明日朱樓人睡起，莫卷簾看。

【評】譚獻曰：鄭湛侯爲予言：“此詞本事，蓋感兵事之連結，人才之惰窳而作。”（《篋中詞》五）

柳梢青

芳草閒門，清明過了，酒滯香塵。白棟華開，海棠華落，容易黃昏。　東風陣陣斜曛，任倚遍紅闌未溫。一片春愁，漸吹漸起，恰似春雲。

【評】譚獻曰：自然。（《篋中詞》五）

踏莎行 癸丑三月賦

疊砌苔深，遮窗松密，無人小院纖塵隔。斜陽雙燕欲歸來，卷簾錯放楊華入。　蜨怨香遲，鸎嫌語澀，老紅吹盡春無力。東風一夜轉平蕪，可憐愁滿江南北。

甘州 甲寅元日，趙敬甫見過。

又東風喚醒一分春，吹愁上眉山。趁晴梢臘雪，斜陽小立，人影珊珊。避地依然滄海，險夢逐潮還。一樣貂裘冷，不似長安。　多少悲笳聲裏，認恩恩過客，草草辛盤。引吳鉤不語，酒罷玉犀寒。總休問杜鵑橋上，有梅花且向醉中看。南雲暗，任征鴻去，莫倚闌干。

【評】陳廷焯曰：鹿潭深於樂笑翁，故措語多清警，最豁人目。此篇情味尤深永，乃真得玉田神理，又不僅在皮相也。（《白雨齋詞話》五）

憶舊遊

記星街揹柳，雨徑穿莎，悄叩閑門。酒態添華活，任翩翩燕子，偷啄紅巾。篆銷萬重心字，窗影護憨雲。甚飛絮年光，綠陰滿地，斷送春人？　癡魂，正無賴，又琵琶弦上，迸起煙塵。鴻影驚回雪，悵天寒竹翠，色暗羅裙。黛蛾更羞重鬭，避面月黃昏。教說與東風，垂楊淡碧吹夢痕。

鷓鴣天

楊柳東塘細水流，紅窗睡起喚晴鳩。屏間山壓眉心翠，鏡裏波生鬢角秋。　臨玉管，試瓊甌，醒時題恨醉時休。明朝華落歸鴻盡，細雨春寒閉小樓。

【評】譚獻曰：字字用意，氣體甚高，不易到也。(《篋中詞》五）

角招

壬子正月，遊慈慧寺。舟穿梅華林，曲折數里而至。石峯陟碧，沙水明潔，佛樓藏松陰中，清涼悅人。十年後與郭堯卿復過其地，則夕烽不遠，寺門闃然閉，梅樹半摧爲薪，存者亦蕉萃如不欲華。堯卿謂："白石正角招譜，後罕有和者，曷倚新聲紀今日事？" 余既命筆硯，堯卿擊節而歌，蓋淒然不可卒聽也！

暮寒際，誰家尚遣扁舟，去看煙水？艣枝沙外倚，忘卻那回，華下遊事。山靈倦矣！漸露出雙峯憔悴。十里寒香何在？賸千萬樹梅魂，伴銅僊垂淚。　還喜，梵王殿址，松梢塔影，陳迹殘僧指。四闃仍畫裏。戍角聲聲，當年無此。霜楓滿地，更嬾問歸人歸未？月上西風又起。怕潮落石橋灣，愁難洗。

虞美人

水晶簾卷澂濃霧，夜靜涼生樹。病來身似瘦梧桐，覺道一枝一葉怕秋風。　銀潢何日銷兵氣？劍指寒星碎。遙憑南斗望京華，忘卻滿身清露在天涯。

【評】譚獻曰：“斜陽煙柳”，謝其溫厚。（《篋中詞》五）

卜算子

燕子不曾來，小院陰陰雨。一角闌干聚落華，此是春歸處。　彈淚別東風，把酒澆飛絮：化了浮萍也是愁，莫向天涯去！

【評】陳廷焯曰：鹿潭窮愁潦倒，抑鬱以終，悲憤慷慨，一發於詞，如《卜算子》云云，何其悽怨若此！（《白雨齋詞話》五）

唐多令

楓老樹流丹，蘆華吹又殘。繫扁舟同倚朱闌。還似少年歌舞地，聽落葉，憶長安。　哀角起重關，霜深楚水寒。背西風歸雁聲酸。一片石頭城上月，渾怕照，舊江山。

臺城路

金麗生自金陵圍城出，爲述沙洲避雨光景，感成此解。
時畫角咽秋，燈燄慘綠，如有鬼聲在紙上也。

驚飛燕子魂無定，荒洲墜如殘葉。樹影疑人，鴉聲幻鬼，
敲側春冰途滑。頹雲萬疊。又雨擊寒沙，亂鳴金鐵。似引宵程，
隔谿燐火乍明滅。　江間奔浪怒湧，斷笳時隱隱，相和鳴咽。野
渡舟危，空村草溼，一飯蘆中淒絕。孤城霧結。膜鬝網離鴻，
怨啼昏月。險夢愁題，杜鵑枝上血。

【評】陳廷焯曰：狀景逼真，有聲有色。（《白雨齋詞話》五）

臺城路　易州寄高寄泉

兩年心上西窗雨，闌干背燈敲遍。雪擁驚沙，星寒大野，
馬足關河同賤。羈愁數點。問春去秋來，幾多鴻雁？忘卻華顛，
昔時顏色夢中見。　青衫鉛淚似洗，斷笳明月裏，涼夜吹怨。古
石敲臺，悲風咽筑，酒罷哀歌難遣。飛華亂卷。對萬樹垂楊，
故人青眼。霧隱孤城，夕陽山外遠。

【評】譚獻曰：豪竹哀絲，一時並奏，“馬足”句千古。（《篋中詞》五）

琵琶僊

五湖之志久矣！羈累江北，苦不得去。歲乙丑，偕婉君泛舟黃橋，望見煙水，
益念鄉土，譜白石自度曲一章，以空侯按之。婉君曾經喪亂，歌聲甚哀。

天際歸舟，悔輕與故國梅華爲約。歸雁嘹入空侯，沙洲共
飄泊。寒未減，東風又急，問誰管沈腰愁削？一舸青琴，乘濤
載雪，聊共斟酌。　更休怨傷別傷春，怕垂老心情漸非昨。彈指
十年幽恨，損蕭娘眉萼。今夜冷，篷窗倦倚，爲月明強起梳掠。
怎奈銀甲秋聲，暗回清角！

【評】譚獻曰：屈曲洞達，齊、梁書體。（《篋中詞》五）
上蔣春霖詞十四首，錄自曼陀羅華閣本《水雲樓詞》。

【小傳】

　　蔣春霖字鹿潭，江蘇江陰人。父尊典，官荊門州。春霖以嘉慶
二十三年（一八一八）生，隨侍任所。嘗登黃鶴樓，賦詩，老宿斂手，
一時有"乳虎"之目。父歿，家中落，奉母遊京師。既連不得志於有
司，乃棄舉業，就兩淮鹺官，非其志也。咸豐壬子（一八五二），權富
安場大使。丁巳（一八五七）遭母憂，始去官，挈家揚州之東臺，居
焉。庚辛之際，兵事方急，徐溝喬松年、嘉善金安清，先後爭致之。春
霖抵掌陳當世利弊甚辯，謇侃奮發，不以屬吏自撓。上官亦禮遇之，不
爲牾也。同治戊辰（一八六八）冬，將訪上元宗源瀚於衢州，道吳江，
艤舟垂虹橋，一夕而卒，年五十一。姬人黃婉君殉焉。　春霖故力於詩，
中歲悉摧燒之，一意於詞。晚年刪存數十闋，爲《水雲樓詞》二卷，杜
文瀾刻之《曼陀羅閣叢書》中。源瀚爲刊補遺一卷。江陰金武祥復刻其
遺詩，入《粟香叢書》，題曰《水雲樓燼餘稿》。（節錄武祥所著《蔣春
霖傳》）

【集評】

李肇增曰：君為詩恢雄骯髒，若《東淘雜詩》二十首，不減少陵秦州之作。乃易其工力為長短句，鏤情劇恨，轉豪於銖黍之間，直而緻，沈而姚，曼而不靡，嗚呼！君之詞亦工矣。君嘗謂：“詞祖樂府，與詩同源。俚薄破碎，失風、雅之旨。情至韻會，溯寫風流，極溫深怨慕之意，亦未知其同與異否也。”故以此悉力於詞，登山臨川，傷離悼亂，每有感慨，於是乎寄。（《水雲樓詞序》）譚獻曰：文字無大小，必有正變，必有家數。水雲樓詞，固清商變徵之聲，而流別甚正，家數頗大，與成容若、項蓮生，二百年中，分鼎三足。咸豐兵事，天挺此才，為倚聲家杜老，而晚唐、兩宋一唱三歎之意則已微矣！或曰：“何以與成、項並論？”應之曰：阮亭、葆馚一流為才人之詞，宛鄰、止庵一派為學人之詞，惟三家是詞人之詞，與朱、厲同工異曲，其他則旁流羽翼而已。（《篋中詞》五）又曰：水雲樓詞，婉約深至，時造虛渾，要為第一流矣。（《復堂日記》）陳廷焯曰：蔣鹿潭《水雲樓詞》二卷，深得南宋之妙，於諸家中尤近樂笑翁。竹垞自謂學玉田，恐去鹿潭尚隔一層也。　又曰：詞至國初而盛，至毗陵而後精。近時詞人，莊中白夐乎不可尚已。譚氏仲修，亦駸駸與古為化。鹿潭稍遜皋文、莊、譚之古厚，而才氣甚雄，亦鐵中錚錚者。（《白雨齋詞話》五）朱孝臧曰：水雲詞，盡人能誦其雋快之句，嘉、道間名家，可稱巨擘，宜復翁仰倒賞擊，而有會於冰叔（李肇增）之言也。顧其氣格駮而不純，比之蓮生差近之，正惟其才僅足為詞耳。（手批《篋中詞》）

薛時雨

臨江仙　大風雨，過馬當山。

　　雨驟風馳帆似舞，一舟輕度溪灣。人家臨水有無間。江豚吹浪立，沙鳥得魚閒。　絕代才人天亦喜，借他隻手回瀾。而今無復舊詞壇。馬當山下路，空見野雲還。

【評】譚獻曰：結響甚遒。（《篋中詞》四）
上薛時雨詞一首，錄自《藤香館詞》。

【小傳】

　　薛時雨字慰農，晚號桑根老農，滁州全椒人。嘉慶二十三年（一八一八）生。道光二十三年（一八四三）舉於鄉，以母病，不應禮部試。至咸豐三年（一八五三）始成進士，出知嘉善，遷杭州府，兼署督糧道，代行布政、按察兩司事。以疾歸，主杭州崇文、江寧尊經、惜陰三書院。光緒十一年（一八八五）卒於江寧。著有《藤香館集》，附詞二種：一曰《西湖欸唱》，一曰《江舟欸乃》。其自序云："律疏而語率，無柔腸冶態以蕩其思，無遠韻深情以媚其格，病根仍是犯一直字。"亦可略窺其詞格矣。

俞 樾

金縷曲

次女繡孫，倚此詠落花，詞意悽惋。有云：
"歡年華、我亦愁中老。" 余謂少年人不宜作此，因廣其意，亦成一闋。

花信恩恩度。算春來嘗騰一醉，綠陰如許！萬紫千紅飄零
盡，憑仗東風送去。更不問埋香何處？卻笑癡兒真癡絕，感年
華寫出傷心句："春去也，那能駐？" 浮生大抵無非寓。漫流
連鳴鳩乳燕，落花飛絮。畢竟韶華何嘗老，休道春歸太遽。看
歲歲朱顏猶故。我亦浮生蹉跎甚，坐花陰未覺斜陽暮。憑綵筆，
綰春住。

上俞樾詞一首，錄自《春在堂詞錄》。

【小傳】

俞樾字蔭甫，號曲園，浙江德清人。道光元年（一八二一）生。
以進士官編修，提督河南學政。罷歸，僑居蘇州。自少至老，著述不
倦。主講杭州詁經精舍至三十一年，爲一時樸學之宗。光緒三十二
年（一九〇六）卒，年八十六。著有《春在堂全集》，凡五百餘卷，附
《春在堂詞錄》。

張景祁

一枝春　落梅

不管清寒，問東風忍把高枝輕掃？瑤臺夢杳，未許探芳重到。生涯慣冷，任籬落水邊都好。誰會得千種飄零，併入笛聲淒調。　仙雲甚時流照？歎珠塵半委，蕚華空老。無言更苦，肯怨早春啼鳥？關山去也，又蹴損馬蹄多少？還盼取點額人歸，翠尊共倒。

【評】譚獻曰：茵溷飄零，感均頑豔。（《篋中詞續》二）

小重山

幾點疏雅眷柳條。江南煙草綠，夢迢迢。十年舊約斷瓊簫。西樓下，何處玉驄驕？　酒醒又今宵。畫屏殘月上，篆香銷。憑將心事記回潮。青谿水，流得到紅橋。

【評】譚獻曰：高尋歐、晏，參異己之長。（《篋中詞續》二）

雙雙燕　秋燕

玳梁對語。歎門巷烏衣，舊家誰主？巢痕剛暖，又觸故園離緒。漫約催歸伴侶，看玉翦將飛還住。自憐瀚海飄零，也學年年羈旅。 辛苦！天涯倦羽。怕負了深閨，寄書香縷。重簾空卷，咫尺畫堂何處？容易流光夢雨，便消瘦紅襟如許！何況萬里西風，更送玉關人去？

【評】譚獻曰：繚曲往復，不數梅谿。（《篋中詞續》二）

望海潮

基隆爲全臺鎖鑰。春初海警狎至，上游撥重兵堵守。突有法蘭兵輪一艘入口遊奕，傳是越南奔北之師，意存窺伺，越三日始揚帆去，我軍亦不之詰也。

插天翠壁，排山雪浪，雄關險扼東溟。沙嶼布棋，颶輪測綫，龍驤萬斛難經。笳鼓正連營。聽回潮夜半，添助軍聲。尚有樓船，鷖帆影裏矗危旌。 追思燕頷勳名，問誰投健筆，更請長纓？警鶴唳空，狂魚舞月，邊愁暗入春城。玉帳坐談兵。有獞花壓酒，引劍風生。甚日炎洲洗甲，滄海濁波傾？

酹江月

法夷既據基隆，擅設海禁。初冬余自新竹舊港內渡，遇敵艘巡邏者駛及之，幾爲所困。暴風陡作，去帆如馬，始免於難。中夜抵福清之觀音澳，宿茅舍，感賦。

樓船望斷，歎浮天萬里，盡成鯨窟。別有仙槎淩浩渺，遙指神山弭節。瓊島生塵，珠厓割土，此恨何時雪？龍愁鼉憤，夜潮猶助嗚咽。 回憶鳴鏑飛空，燄輪逐浪，脫險真奇絕。十幅布帆無恙在，把酒狂呼明月。海鳥忘機，谿雲共宿，時事今休說！驚沙如雨，任他窗紙敲裂。

曲江秋　馬江秋感

寒潮怒激。看戰壘蕭蕭，都成沙磧。揮扇渡江，圍棊賭墅，詫綸巾標格。烽火照水驛。問誰洗鯨波赤？指點鏖兵處，壚煙暗生，更無漁笛。　嗟惜，平臺獻策，頓銷盡樓船畫鷁。凄然猨鶴怨，旌旗何在？血淚霑籌筆。回望一角天河，星輝高擁乘槎客。算只有鷗邊，疏荻斷蓼，向人紅泣。

秋霽　基隆秋感

盤島浮螺，痛萬里胡塵，海上吹落。鎖甲煙銷，大旗雲掩，燕巢自驚危幕。乍聞唳鶴、健兒罷唱《從軍樂》。念衛、霍，誰是漢家圖畫壯麐閣？　遙望故壘，氈帳凌霜，月華當天，空想橫槊。卷西風寒鴉陳黑，青林凋盡怎樓託？歸計未成情味惡。最斷魂處，惟見莽莽神州，暮山銜照，數聲哀角。

【評】譚獻曰：笳吹頻驚，蒼涼詞史，窮髮一隅，增成故實。（《篋中詞續》二）

齊天樂

臺灣自設行省，撫藩駐臺北郡城，華夷輻湊，規制日廓，洵海外雄都也。賦詞紀盛。

客來新述瀛洲勝，龍荒頓聞開府。畫鼓春城，璚燈夜市，婗隊蠻韘紅舞。莎茵繡土。更車走奇肱，馬徠瑤圃。莫訝瓊仙，眼看桑海但朝暮。　天涯舊遊試數。綠蕪環廢壘，嗁鴂淒苦。絕島螺盤，雄關豹守，此是神州庭戶！驚濤萬古。願洗淨兵戈，卷殘樓櫓。（近聞埤南嘉彰，土寇竊發。）夢踏雲峯，曙霞天半吐。

浣溪沙

寂寂紋窗黯碧紗，瑤琴彈折落梅花，飄零楊柳怨棲鴉。　對影春衫銷舊酒，誤人塵鏡換朝霞，十年心事兩天涯。

清平樂

春雷殷地，玉女投壺戲。一朵紅雲飛不起，壓著蟠根仙李。　百年喬木誰栽？迎風簾幙輕開。燕子不知人世，猶尋舊日樓臺！

上張景祁詞十首，錄自百億梅花仙館刊本《新蘅詞》。

【小傳】

張景祁字蘩甫，一字韻梅，浙江錢塘人。道光七年（一八二七）生。（據《新蘅詞》卷八《六十初度詞》，越二年爲光緒己丑，以此上

推，當生是年。）爲薛時雨門下士。光緒間成進士，以庶常改知縣。晚
歲由福建渡臺灣，宦遊淡水、基隆等地。著有《新蘅詞》九卷，外集
一卷。

【集評】

葉衍蘭曰：《新蘅詞》選調必精，摛辭必鍊，有石帚之清峭而不偏
於勁，有梅溪之幽雋而不失之疎，有夢窗之縟麗而不病其穠，有玉田
之婉約而不流於滑，尋聲於清濁高下之別，審音於舌齶脣齒之分，剖
析微茫，力追正始。（《新蘅詞序》）譚獻曰：韻梅早飲香名，填詞刻
意姜、張，研聲刊律，吾黨六七人奉爲導師。故山兵劫，同好晨星。
亂後重見，君已摧鋒落機，謝去斧藻。中年哀樂，登科已遲；又復屈
承明之著作，走海國之轕板，不無黃鐘瓦缶之傷；倚聲日富，規制益
高，駸駸乎北宋之壇宇；江東獨秀，其在斯人乎？外集集古，多長篇
奇製，如《洞仙歌》《解連環》之組紃石帚，真無縫天衣，當以全集沾
被藝林，不悉登也。（《篋中詞續》二）

莊 棫

思佳客 二首　春雨

一曲歌成酒一杯，困人天氣好亭臺。沈沈春畫斜飛雨，寂寂閑門亂點苔。　花幾簇，錦千堆，落紅成陣映香腮。不如卻下簾兒坐，自看同心七寶釵。

無賴今年又晚春，一春風雨倍銷魂。梁間歸燕空留客，葉底流鶯解罵人。　飛絮繞，落花頻，佩環搖蕩夢中雲。閉門已過春三月，莫向青郊問畫輪。

高陽臺　　長樂渡

長樂渡邊，秦淮水畔，莫愁艇子曾攜。一曲西河，尊前往事依稀。浮萍綠漲前溪遍，問六朝遺蹟都迷。映玻璃，白下城南，武定橋西。　行人共說風光好，愛沙邊鷗夢，雨後鶯啼。投老方回，練裙十幅誰題？相思子夜春還夏，到歡聞先已淒淒。更休提，煙外斜陽，柳外長隄。

【評】譚獻曰：駘蕩怨抑之境，爲前人所未開。（《篋中詞》五）

蝶戀花 四首

城上斜陽依綠樹。門外斑騅，見了還相顧。玉勒珠鞭何處住？回頭不覺天將暮。　風裏餘花都散去。不省分開，何日能重遇？凝睇窺君君莫誤，幾多心事從君訴。

百丈遊絲牽別院。行到門前，忽見韋郎面。欲待回身釵乍顫，近前卻喜無人見。 握手匆匆難久戀。還怕人知，但弄團團扇。強得分開心暗戰，歸時莫把朱顏變。

綠樹陰陰晴晝午。過了殘春，紅蕚誰爲主？宛轉花旛勤擁護，簾前錯喚金鸚鵡。 回首行雲迷洞戶。不道今朝，還比前朝苦。百草千花羞看取，相思只有儂和汝。

殘夢初回新睡足。忽被東風，吹上橫江曲。寄語歸期休暗卜，歸來夢亦難重續。 隱約遙峯窗外綠。不許臨行，私語頻相屬。過眼芳華真太促，從今望斷橫波目。

【評】陳廷焯曰：蒿庵《蝶戀花》四章，所謂託志帷房，瞻懷身世者。首章"回頭"七字，感慨無限，下半聲情酸楚，卻又哀而不傷。次章心事曲折傳出；下半韜光匿采，憂讒畏譏，可爲三歎。三章詞殊怨慕；次章蓋言所謀有可成之機，此則傷所遇之卒不合也。故下云："回首行雲迷洞戶，不道今朝，還比前朝苦。"悲怨已極。結云："百草千花羞看取，相思只有儂和汝。"怨慕之深，卻又深信而不疑；想其中或有讒人間之，故無怨當局之語；然非深於風騷者，不能如此忠厚。四章決然舍去，中有怨情，故纏欲說便咽住；下半天長地久之恨，海枯石爛之情，不難得其纏綿沈厚，而難得其溫厚和平。（《白雨齋詞話》五）

相見歡二首

春愁直上遙山，繡簾間。贏得蛾眉宮樣月兒彎。 雲和雨，煙和霧，一般般。可恨紅塵遮得斷人間。

深林幾處唬鵑，夢如煙。直到夢難尋處倍纏綿。 蝶自舞，鶯自語，總淒然。明月空庭如水似華年。

【評】陳廷焯曰：二詞用意、用筆，超越古今，能將騷、雅真消息吸入筆端，更不可以時代限也。（《白雨齋詞話》五）

定風波

爲有書來與我期，便從蘭杜惹相思。昨夜蝶衣剛入夢，珍重，東風要到送春時。　三月正當三十日，占得，春光畢竟共春歸。只有成陰并結子，都是，而今但願著花遲。

【評】陳廷焯曰：蒿庵詞有看似平常，而寄興深遠，耐人十日思者，如《定風波》云云，暗含情事，非細味不見。（《白雨齋詞話》五）

鳳凰臺上憶吹簫

瓜渚煙消，蕪城月冷，何年重與清遊？對妝臺明鏡，欲說還羞。多少東風過了，雲縹緲何處勾留？都非舊，君還記否？吹夢西洲。　悠悠，芳辰轉眼，誰料到而今，盡日樓頭。念渡江人遠，儂更添憂。天際音書久斷，還望斷天際歸舟。春回也！怎能教人，忘了閒愁？

【評】譚獻曰：清空如話，不至輕僄，消息甚微。（《篋中詞》五）　陳廷焯曰：純是變化風、騷，溫、韋幾非所屑就，尚何有於姜、史？（《白雨齋詞話》五）
上莊棫詞十一首，錄自《蒿庵遺集》。

【小傳】

莊械字中白，江蘇丹徒人。治易、春秋，兼通緯候。先世業醯，後家中落，校書淮南、江寧各官書局①，以光緒四年（一八七八）卒②。著有《蒿庵遺稿》，詞甲、乙稿及補遺附焉。械自序謂"向從北宋溯五代十國，今復下求南宋得失離合之故"，足見其詞學淵源所自。與譚獻齊名。朱孝臧合題二家詞集云："皋文說，沉灝得莊、譚。感遇霜飛憐鏡子，會心衣潤費鑪煙，妙不著言詮。"（《彊邨語業》卷三）據此，知二氏固常州派之後勁也。

【集評】

譚獻曰：閨中之思，靈均之遺則，動於哀愉而不能自已，中白當曰："非我佳人，莫之能解也。"（《篋中詞》五）陳廷焯曰：蒿庵詞窮源竟委，根柢槃深，而世人知之者少。余觀其詞，匪獨一代之冠，實能超越三唐、兩宋，與風、騷、漢樂府相表裏，自詞人以來，罕見其匹。而究其得力處，則發源於國風、小雅，胎息於淮海、大晟，而寢饋於碧山也。（《白雨齋詞話》五）

---

① "各官書局"原作"曾國藩禮爲上客"。
② "以"字及"（一八七八）"原缺。

譚　獻

青門引

　　人去闌干靜，楊柳晚風初定。芳春此後莫重來，一分春少，
減卻一分病。　離亭薄酒終須醒，落日羅衣冷。繞樓幾曲流水，
不曾留得桃花影。

【評】陳廷焯曰：透一層說更深，即“相見爭如不見”意。又曰：此詞
淒婉而深厚，純乎騷、雅。（《白雨齋詞話》五）

蝶戀花

　　庭院深深人悄悄。埋怨鸚哥，錯報韋郎到。壓鬢釵梁金鳳
小，低頭只是閒煩惱。　花發江南年正少。紅袖高樓，爭抵還鄉
好？遮斷行人西去道，輕軀願化車前草。
　　玉頰妝臺人道瘦。一日風塵，一日同禁受。獨掩疏櫳如病
酒，卷簾又是黃昏後。　六曲屏前攜素手。戲說分襟，真遣分襟
驟。書札平安君信否？夢中顏色渾非舊。

【評】陳廷焯曰：“庭院深深”闋，上半傳神絕妙，下半沈痛已極，所
謂“情到海枯石爛時”也。“玉頰妝臺”闋，上半沈至語，殊覺哀而不
傷，怨而不怒，下半相思刻骨，窈寐潛通，頓挫沈鬱，可以泣鬼神矣！
（《白雨齋詞話》五）葉恭綽曰：正中、六一之遺。（《廣篋中詞》二）

金縷曲 江干待發

又指離亭樹。恁春來消除愁病，鬢絲非故。草綠天涯渾未遍，誰道王孫遲暮？腸斷是空樓微雨。雲水荒荒人草草，聽林禽祇作傷心語。行不得，總難住。　今朝滯我江頭路。近篷窗岸花自發，向人低舞。裙衩芙蓉零落盡，逝水流年輕負。漸慣了單寒羈旅。信是窮途文字賤，悔才華卻受風塵誤。留不得，便須去。

【評】葉恭綽曰：如此方可云“清空不質實”。（《廣篋中詞》二）

鷓鴣天

綠酒紅燈漏點遲，黃昏風起下簾時。文鴛蓮葉成漂泊，幺鳳桐花有別離。　雲澹澹，雨霏霏，畫屏閒煞素羅衣。腰支眉黛無人管，百種憐儂去後知。

一萼紅 吳山

黯愁煙，看青青一片，猶認舊眉山。花發樓頭，絮飛陌上，春色還似當年。翠苔畔曾容醉臥，聽語笑風動畫秋千。一曲琴絲，十三箏柱，原是人間。　細數總成殘夢，歎都迷蹤跡，只有留連。劫換紅羊，巢空紫燕，重來步步回旋。儘消受雲飛雨散，化胡蝶猶繞舊闌干。不分中年到時，直恁荒寒！

洞仙歌　初秋

楊枝弄碧，繫天涯心眼，幾日涼風便零亂。畫橋邊，一片流水無聲，人獨立，暮角將愁吹斷。　春城煙雨裏，如夢簾櫳，曾拂檐花笑相見。我已厭聞歌，玉笛蒼涼，又吹起十年清怨。問采采夫容隔西洲，卻樹下門前，爲誰留戀？

渡江雲

大觀亭同陽湖趙敬甫、江夏鄭贊侯。

大江流日夜，空亭浪捲，千里起悲心。問花花不語，幾度輕寒，恁處好登臨？春旛顫裏，憐舊時人面難尋。渾不似故山顏色，鶯燕共沈吟。　銷沈，六朝裙屐，百戰旌旗，付漁樵高枕。何處有藏鴉細柳，繫馬平林？釣磯我亦垂綸手，看斷雲飛過荒潯。天未暮，簾前只是陰陰。

【評】葉恭綽曰：曲而有直體。（《廣篋中詞》二）

桂枝香　秦淮感秋

瑤流自碧，便作就可憐，如許秋色，祇是煙籠水冷，後庭歌歇。簾波澹處留人景，裏西風數聲長笛。綵旗船舫，華燈鼓吹，無復消息。　念舊事沈吟省識。問曾照當年，惟有明月。拾翠汀洲，密意總成蕭瑟。秦淮萬古多情水，奈而今秋燕如客。望中何限，斜陽衰草，大江南北。

臨江仙　和子珍

　　芭蕉不展丁香結，恩恩過了春三。羅衣花下倚嬌憨。玉人
吹笛，眼底是江南。　最是酒闌人散後，疎風拂面微酣。樹猶如
此我何堪？離亭楊柳，涼月照氍毹。

【評】陳廷焯曰：語極清雋，琅琅可諷，“玉人吹笛”二語，尤爲警絕。
（《白雨齋詞話》五）
　　上譚獻詞十首，錄自《復堂類集》本《復堂詞》及《白雨齋詞話》。

【小傳】

　　譚獻初名廷獻，字仲修，號復堂，浙江仁和人。道光十二年
（一八三二）生。同治六年（一八六七）舉人，納貲爲縣令，歷署歙
縣、全椒、合肥知縣。旋歸隱，銳意撰述，爲一時物望所歸。光緒
二十七年（一九〇一）卒，年七十。工駢體文，於詞學致力尤深，選
清人詞爲《篋中詞》六卷，續三卷，至精審，學者奉爲圭臬。又曾評
點《駢體文鈔》及周止庵《詞辨》，皆能度人金鍼者，亦近代詞壇之一
大宗師也。

【集評】

　　陳廷焯曰：復堂詞品骨甚高，源委悉達，其胸中、眼中，下筆時
匪獨不屑爲陳、朱，儘有不甘爲夢窗、玉田處，所傳雖不多，自是高
境。余嘗謂近時詞人，莊中白尚矣，蔑以加矣，次則譚仲修，鹿潭雖
工詞，尚未升風、騷之堂也。　又曰：仲修小詞絕精，長調稍遜，蓋
於碧山深處，尚少一番涵詠功也。（《白雨齋詞話》五）　葉恭綽曰：仲
修先生承常州派之緒，力尊詞體，上溯風、騷，詞之門庭，緣是益廓，
遂開近三十年之風尚，論清詞者，當在不祧之列。（《廣篋中詞》二）

王鵬運

念奴嬌　　登暘臺，上絕頂，望明陵。

　　登臨縱目，對川原繡錯，如接襟袖。指點十三陵樹影，天
壽低迷如阜。一霎滄桑，四山風雨，王氣銷沈久！濤生金粟，
老松疑作龍吼。　惟有沙草微茫，白狼終古，滾滾邊牆走。野老
也知人世換，尚說山靈呵守。平楚蒼涼，亂雲合沓，欲酹無多
酒。出山回望，夕陽猶戀高岫。

八聲甘州　　送伯愚都護之任烏里雅蘇臺

　　是男兒萬里慣長征，臨歧漫淒然。只榆關東去，沙蟲猨鶴，
莽莽烽煙。試問今誰健者？慷慨著先鞭。且袖平戎策，乘傳行
邊。　老去驚心鼙鼓，歎無多哀樂，換了華顛。儘雄虺瑣瑣，呵
壁問蒼天。認參差神京喬木，願鋒車歸及中興年。休回首，算
中宵月，猶照居延。

祝英臺近　　次韻道希感春

　　倦尋芳，慵對鏡，人倚畫闌暮。燕妒鶯猜，相向甚情緒？
落英依舊繽紛，輕陰難乞，枉多事愁風愁雨。　小園路，試問能
幾銷凝？流光又輕誤。聯袂留春，春去竟如許！可憐有限芳菲，
無邊風月，恁都付等閒風絮。

玉漏遲

望中春草草，殘紅卷盡，舊愁難掃。載酒園林，往日遊情倦了！幾點飄零花絮，做弄得陰晴多少？歸夢好，宵來猶記，驂鸞空到。 尾長翼短如何？算愁裏聽歌，也傷懷抱。爛錦年華，誰信春殘恁早？留取花梢日在，休冷落舊家池沼。吟思悄，此恨鷓鴣能道。

點絳脣　餞春

拋盡榆錢，依然難買春光駐。餞春無語，腸斷春歸路。 春去能來，人去能來否？長亭暮，亂山無數，只有鵑聲苦。

南鄉子

斜月半朧明，凍雨晴時淚未晴。倦倚香篝溫別語，愁聽，鸚鵡催人說四更。 此恨拚今生，紅豆無根種不成。數遍屏山多少路，青青，一片煙蕪是去程。

浣溪沙　題丁兵備丈畫馬

苜蓿闌干滿上林，西風殘秣獨沈吟，遺臺何處是黃金？ 空闊已無千里志，馳驅枉抱百年心，夕陽山影自蕭森。

減字木蘭花

婆娑醉舞，呵壁無靈天不語。獨上荒臺，秋色蒼然自遠

來。 古人不見，滿目荊榛文字賤。莫莫休休，日鑿終爲渾
沌憂。

沁園春

島佛祭詩，豔傳千古。八百年來，未有爲詞修祀事者。今年辛峯來京度歲，
倡酬之樂，雅擅一時。因於除夕，陳詞以祭，譜此迎神，而以送神之曲屬吾弟焉。

　詞汝來前！酹汝一杯，汝敬聽之。念百年歌哭，誰知我者？
千秋沉澀，若有人兮。芒角撐腸，清寒入骨，底事窮人獨坐詩？
空中語，問綺情懺否？幾度然疑。　玉梅冷綴莓枝，似笑我吟魂
盪不支。歎春江花月，競傳宮體；楚山雲雨，枉託微詞。畫虎
文章，屠龍事業，淒絕商歌入破時。長安陌，聽喧闐簫鼓，良
夜何其？

【評】葉恭綽曰：奇情壯采。（《廣篋中詞》二）

又　　代詞答

　詞告主人：釂君一觴，吾言滑稽。歎壯夫有志，雕蟲豈
屑？小言無用，劣狗同嗤。擣麝塵香，贈蘭服媚，煙月文章格
本低。平生意，便俳優帝畜，臣職奚辭？　無端驚聽還疑，道
詞亦窮人大類詩。笑聲偷花外，何關著作？情移笛裏，聊寄相
思。誰遣方心，自成呿舌，翻訝金荃不入時！今而後，倘相從
未已，論少卑之。

摸魚子

以彙刻宋、元人詞贈次珊，承賦詞報謝，即用原調酬之。

莽風塵雅音寥落，孤懷鬱鬱誰語？十年鉛槧殷勤抱，絃外
獨尋琴趣。堪歎處，恁拍到紅牙，心事紛如許！低徊弔古。試
一酹前修，有靈詞客，知我斷腸否？　文章事，覆瓿代薪朝暮，
新聲那辨鐘缶？憐渠抵死兟佳句，語便驚人何補！君念取，底
斷譜零縑，留得精神住？佇辛佇苦。且醉上金臺，酣歌擊筑，
雜沓任風雨。

臨江仙

枕上得“家山”二語，漫譜此調。夢生於想，歌也有思，不自知其然而然也。

歌哭無端燕月冷，壯懷銷到今年。斷歌淒咽若爲傳。家山
春夢裏，生計酒杯前。　茆屋石田荒也得，夢歸猶是家山。南雲
回首落誰邊？擬呵湘水壁，一問左徒天。

三姝媚

次珊讀唐人《息夫人不言賦》，有感於“外結舌而內結腸，
先箝心而後箝口”之語，賦詞索和，聊復繼聲，亦“盍各”之旨也。

蘼蕪春思遠。采芳馨愁貽，黛痕深斂。薄命憐花，倚東風
羅袖，淚珠偷泫。暝入西園，容易又林禽聲變。那得相思，付
與青蘋，自隨蓬轉。　惆悵羅衾捫遍。便夢隔歡期，舊恩還戀。
芳意回環，認鴛機錦字，斷腸緘怨。縷縷絲絲，挦裛盡香心殘

篆。漫想歌翻璧月，臨春夜滿。

【評】葉恭綽曰：纏綿往復。（《廣篋中詞》二）

玉樓春

好山不入時人眼，每向人家稀處見。濃青一桁撥雲來，沈恨萬端如霧散。　山靈休笑緣終淺，作計避人今未晚。十年緇盡素衣塵，雪鬢霜髯塵不染。

浪淘沙　自題《庚子秋詞》後

華髮對山青，客夢零星，幾寒濡呴慰勞生。斷盡愁腸誰會得？哀雁聲聲。　心事共疏檠，歌斷誰聽？墨痕和淚漬清冰。留得悲秋殘影在，分付旗亭。

滿江紅　朱仙鎮謁岳鄂王祠，敬賦。

風帽塵衫，重拜倒朱仙祠下。尚彷彿英靈接處，神遊如乍。往事低徊風雨疾，新愁黯淡江河下。更何堪雪涕讀題詩，殘碑打！　黃龍指，金牌亞。旌旆影，滄桑話。對蒼煙落日，似聞悲咤。氣轟蛟黿瀾欲挽，悲生笳鼓民猶社。撫長松鬱律認南枝，寒濤瀉。（道光季年，河決開封，舉鎮惟岳祠無恙。壬午扶護南歸，曾夢遊祠下。）

鷓鴣天

登玄墓還元閣，用叔問"重泊光福里"韻。

　　雲意陰晴覆寺橋，秋聲瑟瑟徑蕭蕭。五湖新約尊前訂，十月輕寒畫裏銷。　憑翠檻，數煙橈，一樓人外萬峯高。青山閱盡興亡感，付與松風話市朝。

上王鵬運詞十七首，錄自《半塘定稿》。

【小傳】

　　王鵬運字幼遐，自號半塘老人，晚號鶩翁，廣西臨桂人，原籍浙江山陰。道光二十八年（一八四八）生。同治庚午（一八七〇）舉人，歷官內閣侍讀、監察御史、禮科給事中。庚子（一九〇〇）八國聯軍侵入北京，鵬運[1]與朱祖謀、劉福姚集[2]宣武門外教場頭條胡同寓宅，相約填詞，成《庚子秋詞》二卷。光緒二十八年（一九〇二）南歸，主揚州儀董學堂。三十年（一九〇四）六月，卒於蘇州，年五十六。鵬運內性淳篤，接物和易，能爲晉人清談、東方滑稽，往往一言雋永，令人三日思不能置。嘗彙刻《花間集》以迄宋、元諸家詞爲《四印齋所刻詞》。其詞學承常州派之餘緒而發揚光大之，以開清季諸家之盛。自刻所作詞曰《袖墨》《蟲秋》《味梨》《蝸知》等集，以丙、丁、戊題稿，缺甲稿，以生平未登甲科爲憾也。其後刪訂爲《半塘定稿》，附賸稿，祖謀爲刻於廣州，並題詞云："香一瓣，長爲半塘翁。得象每兼花外永，起屍差較茗柯雄，嶺表此宗風。"（望江南）亦見其傾倒之至矣。（參閱況周頤《半塘老人傳》及余舊作《清季四大詞人》）

---

① "鵬運"二字原缺。
② "集"原作"共集"。

【集評】

朱祖謀曰：君詞導源碧山，復歷稼軒、夢窗以還清真之渾化，與周止庵氏說契若鍼芥。（《半塘定稿序》） 葉恭綽曰：幼遐先生於詞學獨探本原，兼窮蘊奧，轉移風會，領袖時流，吾常戲稱爲桂派先河，非過論也。彊邨翁學詞，實受先生引導。文道希丈之詞，受先生攻錯處，亦正不少。清季能爲東坡、片玉、碧山之詞者，吾於先生無間焉。（《廣篋中詞》二）

沈曾植

渡江雲　贈文道希

十分春已去，孤花隱葉，怊悵倚闌心。客遊今倦矣！珍重韶光，還共醉花陰。長亭短堠，向從來雨黯煙沈。人何處？匣中寶劍，挂壁作龍吟。　登臨，秦時明月，漢國山河，儘雲寒雁噤。行不得鷓鴣啼晚，苦竹穿林。尋常總道歸帆好，者歸帆愁與潮深。蒼然暮，高山流水鳴琴。

臨江仙　滬上與子封同居作

倦客池塘殘夢在，秋聲不是春聲。小屏風上數行程。三危玄趾，關塞不分明。　樓閣平蕪天遠近，長宵圓月孤清。夜闌珍重短檠燈。對牀病叟，敧枕話平生。

前調

彊邨詞來，調高意遠，諷味不足，聊復繼聲。

西北浮雲車蓋去，晚來心與飄風。高樓獨上與誰同？名隨三老隱，聲在九歌終。　不是憑闌無下意，新來筋力添慵。江心桃竹倚從容。音書遲雁字，經本閟龍宮。

上沈曾植詞三首，錄自《曼陀羅䰎詞》。

【小傳】

沈曾植字子培，號巽齋，晚號寐叟，浙江嘉興人。道光三十年
（一八五〇）生。光緒庚辰（一八八〇）進士，官至安徽布政使。清
亡，僑寓上海，爲一代儒宗。學識淹博，尤精於西北史地。所居海日
樓，中外學人爭往質疑問字，座客常滿。民國十一年（一九二二）卒，
年七十三。所著書已刊行者有《蒙古源流箋證》《元秘史注》《海日樓
詩》《曼陀羅龕詞》等，尚不及全書十之一二云。

文廷式

賀新郎

別擬西洲曲，有佳人高樓窈窕，靚妝幽獨。樓上春雲千萬疊，樓底春波如縠。梳洗罷卷簾遊目。采采芙蓉愁日暮，又天涯芳草江南綠。看對對，文鴛浴。　侍兒料理裙腰幅，道帶圍近日寬盡，眉峯長蹙。欲解明璫聊寄遠，將解又還重束。須不羨陳嬌金屋。一霎長門辭翠輦，怨君王已失茗華玉。爲此意，更躑躅。

【評】葉恭綽曰：何減東坡"乳燕飛華屋"。(《廣篋中詞》一)

臨江仙　壬午廣州作

嶺表尋春春色異，木棉處處開花。櫓聲人語共咿啞。蠻神依樜栝，水市足蠓蝦。　一曲招郎才調好，（道光間，招子容孝廉作《粵謳》，詞甚淒麗。）閒聽蜑女琵琶。剪風絲雨送歸鴉。近來情性別，不弔"素馨斜"。

蝶戀花

九十韶光如夢裏。寸寸關河，寸寸銷魂地。落日野田黃蝶起，古槐叢荻搖深翠。　惆悵玉簫催別意。蕙些蘭騷，未是傷心事。重疊淚痕緘錦字，人生祇有情難死！

【評】葉恭綽曰：沈痛。（《廣篋中詞》一）

水龍吟

　　落花飛絮茫茫，古來多少愁人意！遊絲窗隙，驚颭樹底，暗移人世。一夢醒來，起看明鏡，二毛生矣！有葡萄美酒，芙蓉寶劍，都未稱，平生志。　我是長安倦客，二十年頓紅塵裏。無言獨對，青燈一點，神遊天際。海水浮空，空中樓閣，萬重蒼翠。待聽鶯歸去，層霄回首，又西風起。

【評】王瀣曰：思澀筆超，後片字字奇幻，使人神寒。（手批《雲起軒詞鈔》）葉恭綽曰：胸襟興象，超越凡庸。（《廣篋中詞》一）

鷓鴣天　即事

　　刮火何曾燎一塵？側身人海又翻新。閒拈寸硯磨礴世，醉折繁花點勘春。　聞柝夜，警雞晨，重重宿霧鎖重閽。堆盤買得迎年菜，但喜紅椒一味辛。

浣溪沙　旅情

　　畏路風波不自難，繩牀聊借一宵安，雞鳴風雨曙光寒。　秋草黃迷前日渡，夕陽紅入隔江山。人生何事馬蹄間？（用山巨源語）

永遇樂　秋草

落日幽州，憑高望處，秋思何限？候雁哀鳴，驚麝畫竄，一片飛蓬捲。西風萬里，踚沙越漠，先到斡難河畔。但蒼然平皋接軫，玉關消息初斷。　千秋祇有，明妃冢上，長是青青未染。聞道胡兒，祁連每過，淚落笳聲怨。風霜未改，關河猶昔，汗馬功名今賤。驚心是南山射虎，歲華易晚。

【評】王瀣曰：此作極似曹珂雪《和竹垞雁門關》一首，其用意、用筆，各有獨到處。又曰：後遍源出稼軒。（手批《雲起軒詞鈔》）

祝英臺近

剪鮫綃，傳燕語，黯黯碧雲暮。愁望春歸，春到更無緒。園林紅紫千千，放教狼藉，休但怨連番風雨。　謝橋路，十載重約鈿車，驚心舊遊誤。玉佩塵生，此恨奈何許！倚樓極目天涯，天涯盡處，算祇有濛濛飛絮。

【評】王瀣曰：此作得稼軒之骨。又曰："愁望"以下，其怨愈深，後遍諷刺不少。（手批《雲起軒詞鈔》）　葉恭綽曰：與稼軒"寶釵分"，同爲感時之作。（《廣篋中詞》一）

八聲甘州

送志伯愚侍郎赴烏里雅蘇臺參贊大臣之任，
同盛伯羲祭酒、王幼霞御史、沈子培刑部作。

響驚飆越甲動邊聲，烽火徹甘泉。有六韜奇策，七擒將略，欲畫淩煙。一枕曹騰短夢，夢醒卻欣然。萬里安西道，坐嘯清邊。　策馬凍雲陰裏，譜胡笳一闋，淒斷哀絃。看居庸關外，依舊草連天。更回首淡烟喬木，問神州今日是何年？還堪慰，男兒四十，不算華顛。

【評】王瀣曰：後遍豪宕而神色愈淒。（手批《雲起軒詞鈔》）葉恭綽曰：有關掌故。（《廣篋中詞》一）

摸魚兒　惜春

恁啼鵑苦催春去，春城依舊如畫。年年芳草橫門路，換卻王孫驄馬。春思乍，甚絮亂絲繁，又過寒食也！殘陽易下。好飛蓋西園，玉觴滿引，秉燭共遊夜。　瓊樓迥，孤負緘詞錦帕，銅仙鉛淚休瀉。落紅可及庭陰綠？付與流鶯清話。歌舞罷，便熨體春衫，今日從棄捨。雕鞍暫卸。縱行遍天涯，夢魂慣處，猶戀舊亭榭。

【評】王瀣曰：精粹之作，後遍尤深婉。讀此，覺北宋稍率，南宋稍弱矣。（手批《雲起軒詞鈔》）葉恭綽曰：回腸蕩氣，忠愛纏綿。（《廣篋中詞》一）

西江月

削竹閒裁菊枕，煑茶自洗椰瓢。一鐙搖夢雨蕭蕭，苔院更無人到。　世�累已除眼纈，愁塵不上眉梢。布衣來往秀江橋，休問五陵年少。

【評】王瀣曰：句特疏秀。（手批《雲起軒詞鈔》）

翠樓吟

歲暮江湖，百憂如擣，感時撫已，寫之以聲。

石馬沈煙，銀鳧蔽海，擊殘哀筑誰和？旗亭沽酒處，看大艑風檣軻峨。（王校：古歌辭有“大艑珂峨頭”。手稿原作“軻峨”，徐刊作“峨軻”，豈知“峨”作“平”，不知“二十哿”原有“峨”作“仄”耶？）元龍高臥。便冷眼丹霄，難忘青璅。真無那！冷灰寒柝，笑談江左。　一笴，能下聊城，算不如呵手，試拈梅朶。苔鳩栖未穩，更休說山居清課。沈吟今我，祇拂劍星寒，欹瓶花妥。清輝墮，望窮煙浦，數星漁火。

【評】葉恭綽曰：氣象穎異，彊邨所謂“兀傲固難雙”也。（《廣篋中詞》一）

鷓鴣天　贈友

萬感中年不自由，角聲吹徹《古梁州》。荒苔滿地成秋苑，細雨輕寒閉小樓。　詩漫與，酒新蒭，醉來世事一浮漚。憑君莫過荊、高市，溛水無情也解愁。

【評】葉恭綽曰：神似稼軒。（《廣篋中詞》一）

好事近　湘舟有作

翠嶺一千尋，嶺上彩雲如幄。雲影波光相射，蕩樓臺春綠。　仙鬟撩鬢倚雙扉，窈窕一枝玉。日暮九疑何處？認舜祠叢竹。

【評】玉�曰：穠絕！（手批《雲起軒詞鈔》）

憶舊遊　秋雁　庚子八月作

悵霜飛楡塞，月冷楓江，萬里淒清。無限憑高意，便數聲長笛，難寫深情。望極雲羅縹渺，孤影幾回驚。見龍虎臺荒，鳳凰樓迥，還感飄零。　梳翎，自來去，歎市朝易改，風雨多經。天遠無消息，問誰裁尺帛，寄與青冥？遙想橫汾簫鼓，蘭菊尚芳馨。又日落天寒，平沙列幕邊馬鳴。

南鄉子　病中戲筆

一室病維摩，且喜閒庭掩雀羅。煮藥繙書渾有味，呵呵！老子無愁世則那？　莽莽舊山河，誰向新亭淚點多？惟有鷦鴣聲解道：哥哥，行不得時可奈何！

上文廷式詞十六首，錄自文氏手寫《雲起軒詞》及南陵徐氏《懷豳雜俎》本《雲起軒詞鈔》。

【小傳】

文廷式字道希，號芸閣，江西萍鄉人。咸豐六年丙辰（一八五六）生。以父星瑞官高廉兵備道，僑居廣州。光緒壬午（一八八二）中式順天鄉試舉人，庚寅（一八九〇）成進士，殿試一甲第二名及第，授職編修，擢侍讀學士。以盛名抗直，爲忌者所中，罷官。戊戌（一八九八）政變，幾陷不測。東走日本，爲彼邦學者內藤虎等所推重。返國後益潦倒，以光緒三十年甲辰（一九〇四）卒於萍鄉，年四十九。　廷式博學強識，慷慨有大志，尤長史部，著《純常子枝語》，積稿數十冊，近歲番禺汪氏雙照樓始爲雕版行世[①]。其門人徐乃昌刻其《雲起軒詞鈔》一卷於《懷豳雜俎》中，與後來江寧王氏影印手稿本，互有出入，予曾輯錄爲《重校集評雲起軒詞》。文氏於清代浙西、常州兩詞派之外，獨樹一幟。朱孝臧題其詞集云："閒金粉，曹、鄶不成邦。拔戟異軍成特起，非關詞派有西江，兀傲故難雙。"（《彊邨語業》卷三）亦可見其推許之至矣。（參閱沈曾植撰《文雲閣墓表》及《昭萍志略》《人物志》本傳。）

---

① 　"番禺汪氏雙照樓始爲雕版行世"新版作"有人始爲其整理完竣雕版行世"。

【集評】

夏敬觀曰：近人惟文道希學士，差能學蘇。（手批《東坡詞》） 冒廣生曰：道希論本朝人詞，謂：“曹珂雪有俊爽之致，蔣鹿潭有深沈之思，成容若學陽春之作而筆意稍輕，張皋文具子瞻之心而才思未逮。”又言：“自朱竹垞以玉田爲宗，所選《詞綜》，意旨枯寂。後人繼之，尤爲冗漫，以二窗爲祖禰，視辛、劉若仇讎，家法若斯，庸非巨謬！”（榆案：以上見《懷豳雜俎》本文氏《雲起軒詞鈔自序》。）故其所作《雲起軒詞》渾脫瀏漓，有出塵之致，亦可謂出其餘事，足了千人者矣。（《小三吾亭詞話》卷一）胡先驌曰：《雲起軒詞》，意氣飆發，筆力橫恣，誠可上擬蘇、辛，俯視龍洲。其令詞穠麗婉約，則又直入《花間》之室。蓋其風骨遒上，並世罕覯，故不從時賢之後，局促於南宋諸家範圍之內，誠如所謂美矣善矣。（《學衡雜誌》第二七期《評雲起軒詞鈔》）

鄭文焯

留春令　中秋夜，紅樓離席。

鏡華空滿，怨紅都在，舊時羅帕。早是銷凝淚無多，怎留向臨歧灑？　枕上陽關催鳳駕，忍今宵歌罷。從此西樓翠尊空，願明月無圓夜。

虞美人

鏡屏香冷芙蓉薦，花趁人凝澹。問誰下馬看梳頭？長是畫簾高捲臥清秋。　宿妝留得新眉在，人意依前改。一溝脂水繞樓東，中有幾行閒淚往來紅。

玉樓春

梅花過了仍風雨，著意傷春天不許。西園詞酒去年同，別是一番惆悵處。　一枝照水渾無語，日見花飛隨水去。斷紅還逐晚潮回，相映枝頭紅更苦！

采桑子

憑高滿面東風淚，獨立江亭，流水歌聲，銷盡年涯不暫停。　歸來自掩香屏臥，殘月新鶯，夢好須驚，知是傷春第幾生？

湘春夜月

最銷魂，畫樓西畔黃昏。可奈送了斜陽，新月又當門。自見海棠初謝，算幾番醒醉，立盡花陰。念隔簾半面，香酬影答，都是離痕。　哀箏自語，殘燈在水，輕夢如雲。鳳帳籠寒，空夜夜報君紅淚，銷黯羅襟。蓬山咫尺，更爲誰青鳥殷勤？怕後約誤東風一信，香桃瘦損，還憶而今。

謁金門

釵鳳墜，人意不如初會。圓月後逢歌舞地，斷腸明鏡裏。　早是君心難恃，恨不玉顏先悴。恩重嬌多情易費，枕函花有淚。

浣溪沙 從石樓、石壁，往來鄧尉山中。

一半梅黃雜雨晴，虛嵐浮翠帶湖明，閒雲高鳥共身輕。　山果打頭休論價，野花盈手不知名，煙巒直是畫中行。

謁金門

行不得！黤地衰楊愁折。霜裂馬聲寒特特，雁飛關月黑。目斷浮雲西北，不忍思君顏色。昨日主人今日客，青山非故國。
留不得！腸斷故宮秋色。瑤殿瓊樓波影直，夕陽人獨立。見說長安如奕，不忍問君蹤跡。水驛山郵都未識，夢回何處覓？

歸不得！一夜林烏頭白。落月關山何處笛？馬嘶還向北。 魚雁沈沈江國，不忍聞君消息。恨不奮飛生六翼，亂雲愁似羃。

【評】葉恭綽曰：沈痛。（《廣篋中詞》二）

迷神引

看月開簾驚飛雨，萬葉戰秋紅苦。霜飆雁落，繞滄波路。一聲聲，催笳管，替人語。銀燭金鑪夜，夢何處？到此無聊地，旅魂阻。 瞋想神京，縹緲非煙霧。對舊河山，新歌舞。好天良夕，怪輕換華年柱。塞庭寒，江關暗，斷鐘鼓。寂寞衰燈側，空淚注。苔苔雲端隔，寄愁去。

安公子

急雨驚鳴瓦，轉檐風葉粉如灑。閉戶青山飛不去，對滄洲屏畫。換眼底衰紅敗翠供愁寫。窺冷蘂半落吟邊地。正酒醒無寐，怊悵京書題罷。 到此沈沈夜，爲誰清淚如鉛瀉？夢想銅駝歌哭地，送西園車馬。歎去後闌干一霎花開謝，空怨啼望帝春魂化。算歲寒南鶴，解道堯年舊話。

六醜　　芙蓉謝後作

又年芳催老，悄立遍闌干危碧。怨花後期，無言花暗泣，黯地誰惜？更灑黃昏雨，水環風佩，數斷紅消息。羅裳自染秋江色。繐帳纙遮，珠茵旋積。盈盈怎堪攀摘？只輕朱薄粉，愁上簪幘。　西園霜夕，照清池宴席。步綺淩波地，成往迹。尊前換盡吟客。縱仙城夢見，玉顏非昔。釵鈿墜似曾相識。終不向一鏡東風媚晚，鬢邊狼藉。飄零恨獨在江國。怕舊題錦段重重淚，無人贈得。

慶春宮　　冬緒欝吟

紅葉家林，蒼煙鄰寺，歲殘未了秋聲。門柳鴉寒，庭莎蛩老，浸霜月氣冥冥。夜窗燈暈，鎮搖落山川舊情。傷心年事，何限繁華，不抵飄零。　追思結客幽幷，連騎雲驕，看劍星橫。誰分蕭條，哀時詞賦，過江無淚堪傾。暮鴻天遠，奈重拍燕歌自驚。一生怊悵，拚與江南，空老蘭成。

前調　　同欝夜集，秋晚叙意。

霜月流階，蕪煙衞苑，戍笳愁度嚴城。殘雁關山，寒蛩庭戶，斷腸今夜同聽。繞闌危步，萬葉戰風濤自驚。悲秋身世，翻羨垂楊，猶解先零。　行歌去國心情，寶劍淒涼，淚燭縱橫。臨老中原，驚塵滿目，朔風都作邊聲。夢沈雲海，奈寂寞魚龍未醒。傷心詞客，如此江南，哀斷無名。

【評】葉恭綽曰：長歌當哭。（《廣篋中詞》二）

永遇樂　春夜夢落梅，感憶，因題。

江驛迢迢，片時枕上，春事如許！亂插晴霄，低橫野水，悽斷東風主。枝北枝南，眼看搖落，不爲翠禽啼住。攬遺芳璃瑰滿抱，覺來頓成今古！　虛堂酒醒，傾城消息，誤盡故山風雨。玉砌雕闌，傷心還見，繫馬郊園樹。人間空有，曉寒一曲，誰信隔紗煙語？恁淒涼南樓夜笛，送春舊處。

【評】葉恭綽曰：故國之思。（《廣篋中詞》二）

楊柳枝　八首錄五　賦小城梅枝

誰家笛裏返生香？傾國風流解斷腸。頭白傷春無限思，不應此樹管興亡。

到地春風不肯閒，南枝吹盡北枝殘。吳宮多少傷心色，占得牆東幾尺山！

采香徑裏晚煙空，濯粉池邊曉露叢。一樣故宮春寂寞，可憐無地著東風！

縞衣月下見前身，隔世驚逢絕世人。悒悵谿南數枝雪，爲誰開落與江春？

萬枝寒玉照谿橋，鶴語今年雪未銷。自占東風故城曲，淒涼煙月屬前朝。

上鄭文焯詞二十一首，錄自仁和吳氏雙照樓刊本《樵風樂府》。

【小傳】

　　鄭文焯字小坡，一字叔問，號大鶴山人，又號冷紅詞客，奉天鐵嶺人，隸漢軍旗。其自稱高密鄭氏者，詭託於康成之後也。咸豐六年（一八五六）丙辰生。父瑛棨，官陝西巡撫。一門鼎盛，兄弟十人，裘馬麗都，惟文焯被服儒雅。中光緒乙亥（一八七五）舉人，官內閣中書。旅食蘇州，爲巡撫幕客，四十餘年。善詼諧，工尺牘，兼長書、畫。雅慕姜夔之爲人，又精音律，深明管絃聲數之異同，上以考古燕樂之舊譜。白石自製曲，其字旁所記音拍，皆能以意通之。民國七年戊午（一九一八）卒，年六十三，葬鄧尉。所著詞有《瘦碧》《冷紅》《比竹餘音》《苕雅餘集》。朱孝臧題云：“招隱處，大鶴洞天開。避客過江成旅逸，哀時無地費仙才，天放一閒來。”（《彊邨語業》卷三）後刪存爲《樵風樂府》九卷，仁和吳昌綬並其所撰《詞源斠律》等，合刊爲《大鶴山房全集》。（參閱戴正誠撰：《大鶴山人年譜》及余舊撰《清季四大詞人》。）

【集評】

　　俞樾曰：論其身世，微類玉田，其人與詞，則雅近清真、白石。又曰：君詞體潔旨遠，句妍韻美。（《瘦碧詞序》）文烺曰：從弟小坡，少工側豔，而不盡協律。南遊十年，學琴於江夏李復翁，討論古音，乃大悟“四上競氣”之恉，於樂紀多所發明。故其爲詞聲出金石，極命風謠，感興微言，深美閎約，如楊守齋所譏“轉摺怪異，成不祥之音”者，庶幾免與。（《篋中詞續》三）易順鼎曰：追撢兩宋，精辨七始，扶微晿奧，梳櫛披奏，聽於無聲，眇忽成律，使樂官比響，不累於詠歌，文士摛華，靡涓於弦笛，故能鬱伊善感，和平蕩聽。（同上）譚獻曰：《瘦碧詞》研討聲律，辟灌光氣，夢窗善學清真。（同上）又曰：《瘦碧詞》持論甚高，摛藻綺密，由夢窗以跋清真，近時作手，頗難其匹。（《復堂日記》）冒廣生曰：鐵嶺鄭叔問舍人，爲蘭坡中丞之子。家世蘭錡，累葉通顯。叔問獨羈棲吳下，爲東諸侯賓客。其神致清朗，懷抱沖遠，真衛洗馬一流人物。所著《瘦碧》《冷紅》諸詞，規撫石帚，即製一題，下一字，亦不率意。本朝詞家雖多，若能研究音律，深明管絃聲數之異同，上以考古燕樂之譜者，淩次仲外，此爲僅見。(《三小吾亭詞話》卷二) 葉恭綽曰：叔問先生，沈酣百家，擷芳漱潤，一寓於詞，故格調獨高，聲采超異，卓然爲一代作家。讀者知人論世，方益見其詞之工。(《廣篋中詞》二)

夏孫桐

絳都春

分詠京師詞人第宅，得納蘭容若淥水亭。

蓮凋渚晚。問緱嶺墮音，吹笙人遠。豹尾退閒，蝸角幽棲依瓊苑。重光詞筆同淒怨，恁抱膝繁華輕遣。倚闌曾是，梨花落後，望春深淺。　一片，璇流漱碧，繞駕鵞似帶煙蘿空睊。花底著書，席上題襟多英彥。烏衣三度朱門換，祇謝墅巢痕尋燕。邈然裙屐承平，夢華痕斷。

瑞龍吟　崇效寺看牡丹，用清真韻。

城南路，還見繡陌橫蕪，紺牆敧樹。名花偏傍空王，石壇淨掃，來尋勝處。　小延佇，無恙笑春人面，暖風當戶。酣香染徹仙衣，霎煙簌簌，翩翻欲語。　多少繁華姚、魏，酒闌雲散，銷歌沈舞。難得過門相呼，遊侶如故。鈿車錦障，都入傷心句。僧寮外茶煙歇影，苔茵遲步。寸寸斜陽去。何人向說，憑闌意緒？春事留殘縷。休更問明朝無端風雨，對花慰藉，燕雛相架。

南樓令　秋懷次韻

殘葉下寒階，秋風震旅懷。話尊罏空自低回。莽莽神州兵氣亘，聽不得，澤鴻哀。　夕照澶金臺，銷沈幾霸才。對霜天尊酒悲來。叢菊漫淹詞客淚，偏多傍，戰場開。

上夏孫桐詞三首，錄自《悔龕詞》及《悔龕詞續》。

【小傳】

　　夏孫桐字閏枝，一字悔生，晚號閏庵，江蘇江陰人。咸豐七年（一八五七年）四月二十二日生。光緒壬辰（一八九二）進士，授編修，歷任湖州、寧波、杭州知府。民國初入清史館，嘉、道、咸、同四朝臣工列傳及循吏、藝術兩彙傳，凡一百卷，並出其手。又佐徐世昌輯《晚晴簃詩匯》及《清儒學案》。民國三十年（一九四一）十二月二十二日卒，年八十五。著有《觀所尚齋文存》及《悔龕詞》二卷。（以上據關賡麟撰行狀） 孫桐與朱祖謀爲兒女親家，祖謀嘗言其從事倚聲，實由孫桐誘導云。《悔龕詞》收入《滄海遺音集》，續稿有龍氏忍寒廬刊本。

朱孝臧

鷓鴣天　九日，豐宜門外過裴邨別業。

野水斜橋又一時，愁心空訴故鷗知。淒迷南郭垂鞭過，清苦西峯側帽窺。　新雪涕，舊絃詩，惜惜門館蝶來稀。紅萸白菊渾無恙，只是風前有所思。

【本事】

龍沐勛[①]曰：此爲劉光第被禍後作。劉爲六君子之一，死戊戌之變。（《詞學季刊》第一卷第三號）

烏夜啼　同瞻園登戒壇千佛閣

春雲深宿虛壇，磬初殘，步繞松陰雙引出朱闌。　吹不斷，黃一綫，是桑乾，又是夕陽無語下蒼山。

鷓鴣天　庚子歲除

似水清尊照鬢華，尊前人易老天涯。酒腸芒角森如戟，吟筆冰霜慘不花。　拋枕坐，卷書嗟，莫嫌啼煞後棲鴉。燭花紅換人間世，山色青回夢裏家。

---

① "沐勛"新版作"榆生"。

聲聲慢

辛丑十一月十九日，味耡賦《落葉詞》見示，感和。

鳴螿頹城，吹蝶空枝，飄蓬人意相憐。一片離魂，斜陽搖夢成煙。香溝舊題紅處，拚禁花憔悴年年。寒信急，又神宮淒奏，分付哀蟬。　終古巢鸞無分，正飛霜金井，拋斷纏綿。起舞回風，纔知恩怨無端。天陰洞庭波闊，夜沈沈流恨湘絃。搖落事，向空山休問杜鵑。

【本事】

龍沐勛[①]曰：此爲德宗還宮後卹珍妃作。"金井"二句謂庚子西幸時，那拉后下令推墮珍妃於宮井，致有生離死別之悲也。(《彊邨本事詞》)

木蘭花慢　送陳伯弢之官江左

聽枯桐斷語，識君恨，十年遲。正濺淚花繁，迷歸燕老，春去多時。相攜，夢華故地，怪單衣無路避塵緇。錦瑟看承暫醉，白頭吟望低垂。　差差，津館柳成絲，離緒費禁持。問何計消磨，夕陽宦味，逝水心期？鴟夷，舊狂漫理，已沈陰江表杜鵑啼。莫上吳臺北望，斜煙亂水淒迷。

---

① "沐勛"新版作"檢生"。

阮郎歸

月夜維舟楞伽峽，山水幽夐。孟東野《石龍渦詩序》云：
"四壁千仞，散泉如雨。"仿佛遇之。

千葉無蒂著巖坳，飛簾噴雪消。溼雲雙束怒厓高，春漲不
敢豪。　煙艡閣，水鐙飄，幽猨三兩號。驂鸞仙路夜誰招？月華
搖鳳簫。

燭影搖紅　晚春過黃公度人境廬，話舊。

春暝鉤簾，柳條西北輕雲蔽。博勞千囀不成晴，煙約遊絲
墜。狼藉繁櫻剗地，傍樓陰東風又起。千紅沈損，鶗鴂聲中，
殘陽誰繫？　容易消凝，楚蘭多少傷心事。等閒尋到酒邊來，
滴滴滄洲淚。袖手危闌獨倚，翠蓬翻冥冥海氣。魚龍風惡，半
折芳馨，愁心難寄。

摸魚子

梅州送春，時得輩下故人三月幾望書。

近黃昏悄無風雨，蠻春安穩歸了。恩恩染柳熏桃過，贏得
錦牋悽調。休重惱，問百五韶光，醞造愁多少？新顰舊笑，有
拆繡池臺，迷林鶯燕，裝綴半殘稿。　流波語，飄送紅英最好，
西園沈恨先掃。天涯別有憑闌意，除是杜鵑能道。歸太早！何
不待倚簾人共東風老？消凝滿抱。恁秉燭呼尊，綠成陰矣，誰
與玉山倒？

浣溪沙

翠皁紅厓夾岸迎，阻風滋味暫時生，水窗官燭淚縱橫。 禪悅新耽如有會，酒悲突起總無名，長川孤月向誰明？

唐多令

廊蔭轉疏槐，圓蟾明上階，倚空尊涼夢徘徊。多少清湘瑤瑟怨，幾曾有，鶴飛來？ 鐙蕚半成灰，短書千里回，報巖局晚桂都開。前度憑闌人換盡，問何事，戀天涯？

減字木蘭花 八首錄二

舟溯湟江，風雨淒戾，交舊存沒之感，
紛有所觸，輒綴短韻，適躓《八哀》，非事詮擇也。

盟鷗知否？身是江湖垂釣手。不夢黃粱，卷地秋濤殷臥牀。 楚宮疑事，天上人間空雪涕。誰詔巫陽？被髮中宵下大荒。（富順劉裴邨光第）

劍頭微映，海水刺天漂熱血。慘月中庭，誰解張絃受廣陵？ 富春一角，零亂巖花朱鳥啄。白首何歸？山色無人問是非。（桐盧袁重黎昶）

夜飛鵲　香港秋眺，懷公度。

滄波放愁地，遊棹輕回，風葉亂點行杯。驚秋客枕，酒醒後，登臨倦眼重開。蠻煙蕩無霽，颭天香花木，海氣樓臺。冰夷漫舞，喚癡龍直視蓬萊。　多少紅桑如拱，籌筆問何年，真割珠厓？不信秋江睡穩，掣鯨身手，終古徘徊。大旗落日，照千山劫墨成灰。又西風鶴唳，驚笳夜引，百折濤來。

祝英臺近　欽州天涯亭梅

掩峯屏，喧石瀨，沙外晚陽斂。出意疏香，還鬥歲華豔。暄禽啼破清愁，東風不到，早無數繁枝吹淡。已悽感，和酒飄上征衣，莓鬖淚千點。老去難攀，黃昏瘴雲黯。故山不是無春，荒波哀角，卻來凭天涯闌檻。

清平樂　夜發香港

舩鐙漸滅，沙動荒荒月。極目天低無去鶻，何處中原一髮？　江湖息影初程，舵樓一笛風生。不信狂濤東駛，蛟龍偶語分明。

慶春宮　結草庵拜半塘翁殯宮作

頹堞銜煙，昏鐘閣水，野鵑喚近清明。華表羈魂，黃壚吟伴，暗塵房檻深扃。斷雲玉笛，感詞客依稀有靈。新腔愁倚，一琖泉華，還薦芳馨。　哀絃凍折誰聽？凄唳修蘿，山鬼逢迎。蓬島塵狂，芝田日晏，夢遊翻羨騎鯨。淚珠千斛，挼一向寒原縱聲。孤留何事？知世浮漚，休問殘僧。

洞仙歌　丁未九日

　　無名秋病，已三年止酒，但買萸囊作重九。亦知非吾土，強約登樓，閒坐到淡淡斜陽時候。　浮雲千萬態，回指長安，卻是江湖釣竿手。衰鬢側西風，故國霜多，怕明日黃花開瘦。問暢好秋光落誰家？有獨客徘徊，憑高雙袖。

小重山　戊申中秋作

　　翠涇篁陰小閣寒。酒消渾不耐，越羅單。水蘐風起燭枝殘。驚禽去，捎響碧琅玕。　投老臥雲關。眼中塵事滿，素心難。天涯作計理孤歡。無情月，三度病中看。

月下笛　閨促織感賦

　　冷月牆陰，淒淒碎響，替秋言語。羈人聽汝，咽愁絲，黯無緒。空階都是傷心地，恁禁得衰鐙斷雨。正宵砧四起，霜絃孤曳，宛轉催曙。　愁誤，金籠住。伴落葉長門，枕函慵訴。回紋罷織，舊家零亂機杼。西風涼換人間世，問憔悴王孫幾度？等閒是變了潘郎髮，夢寄誰去？

洞仙歌　過玉泉山

　　殘山賸幘，悄不成遊計。滿馬西風背城起。念滄江一臥，白髮重來，渾未信禾黍離離如此！　玉樓天半影，非霧非煙，消盡西山舊眉翠。何必更繁霜，三兩棲鴉，衰柳外斜陽餘幾？

還肯爲愁人住些時，只嗚咽昆池，石鱗荒水。

水龍吟　麥孺博挽詞

峨如千尺崩松，破空雷雨飛無地。京華遊俠，山林棲遯，斯人憔悴。一瞑隨塵，九州來日，諒非吾事。正蒼黃急劫，推枰撒手，渾不解，茫茫意。　也識彭殤一例，愴前塵飆輪彈指。長城並馬，滄溟擊楫，窮秋萬里。歸臥荒江，中宵破夢，慘春衰涕。更《大招》愁賦，湘魂縱返，甚人間世？

高陽臺　花朝渝樓，同蒿叟作。

短陌飛絲，長波皺縠，市帘江柳爭青。中酒年光，買春猶是旗亭。綵旛長記花生日，甚綠窗兒女心情。儘安排，畫桁吳縑，鈿閣秦箏。　白頭未要相料理，要哀吟狂醉，消遣餘生。無主東風，博勞怨不成聲。朦朧幾簇東闌雪，算今年又看清明。怕相逢，社燕歸來，還訴飄零。

摸魚子

馬鞍山訪龍洲道人墓。山在崑山縣西北隅。

占城陰頹雲一角，有人持恨終古。書生滿眼神州淚，凄斷海東煙霧。墳上土，怕有酒能澆，躑遍橋南路。英遊遲汝。向笙鶴遙空，不逢鶱、廣，心事更誰訴？　天難問，身世儒冠誤否？憑渠筆力牛弩。銅琶無分《中興樂》，消受此生棲旅。憑

弔處，臕破帽疲驢，悵望千秋去。啼鵑最苦！要無主青山，有
靈詞客，來聽斷腸語。（自注：「行到橋南無酒賣，老天猶困英
雄。」龍洲詞斷句也。蘇紹叟憶劉改之詞：「任槎上張騫，山中
李廣，商略儘風度。」）

好事近　靈隱夜歸蔣氏湖莊作

湖氣鬱衣巾，步入寶坊林月。耐得山亭泉冷，信肝腸如
雪。　出山十里螗蛄聲，聞根甚時歇？據槁安心隨地，又南鄰
鐘發。

摸魚子　龍華看桃花

嬾能探劫餘芳信，年年閒了遊騎。祇林依舊霞千樹，嬌入
上春羅綺。紅十里，還一掩一層，淡沱煙光裏。東風旋起。悄
不似仙源，將家小住，便作避秦計。　玄都夢，消與金門遊戲，
夢回惆悵何世！華鬘天也無香色，說甚道場興廢？空徙倚，怕
輕薄芳姿，未省傷春意。劉郎倦矣！任題遍花牋，都無好語，
臕濺感時淚！

小重山　晚過黃渡

過客能言隔歲兵，連邨遮戍壘，斷人行。飛輪衝暝試春程。
回風起，猶帶戰塵腥。　日落野煙生。荒螢三四點，淡於星。叫
羣創雁不成聲。無人管，收汝淚縱橫。

齊天樂　乙丑九日，庸庵招集江樓。

年年消受新亭淚，江山太無才思。戍火空郵，軍笳壞堞，多難登臨何地？霜飆四起，帶驚雁聲聲，半含兵氣。老慣悲秋，一尊相屬總無味。　登樓誰分信美，未歸湖海客，離合能幾？明日黃花，清晨白髮，飄渺蒼波人事。茱萸舊賜，望西北浮雲，夢迷醒醉。並影危闌，不辭輕命倚。

隔溪梅令　己巳元日，賦示詰禪。

換年簫鼓沸鄰東，故情空。鏡裏凋顏不媚燭花紅，思悲今已翁！　閉門芳信比人慵。問東風：留命傷春深淺酒杯中，去年同不同？

木蘭花慢　感春和蒼虬

問東闌瘦雪，尚消得，幾清明？是拆繡樓臺，差池燕羽，佻巧鳩鳴。金鈴未知繫處，更蒼苔顛倒藉紅英。禁斷尋芳意緒，交加中酒心情。　多生，有客惜香盟，愁檢瘞花銘。漸數盡番風，強扶倭墮，還忍伶俜。陰晴，問春未準，怕到頭開落總無聲。夢裏催歸杜宇，香車不勸逢迎。

南鄉子

病枕不成眠，百計湛冥夢小安。際曉東窗鶗鴂喚，無端，一度殘春一惘然！　歌底與尊前，歲歲花枝解放顛。一去不回成永憶，看看，唯有承平與少年。

浣溪沙　元夕枕上作

連夕東風結苦陰，通明簾幕卻偎衾，病軀無復酒懷侵。　止藥強名今日愈，探芳越減去年心，月華人意兩冥沈。

漢宮春

真茹張氏園，杜鵑盛開。後期而往，零落殆盡，歌和榆生。

淒月三更，有思歸殘魄，啼囑能紅。傷春幾多淚點，吹渲闌東。綃巾搵浥，試潮妝微發瓊鐘。新敕賜，一窠瑞錦，昭陽臨鏡猶慵。　攜榼卻慳才思，惹津橋沈恨，撩亂花茸。芳華慣禁閒地，不怨東風。鶴林夢短，委孤根竹裂山空。三嗅拾馨香細泣，何時添譜珍叢？

渡江雲　望蒼虯不至，倚此致懷。

春裝喧遠素，倚樓倦睫，雁外數南程。舊京花事減，去住無端，坐閱柳條青，催人怨鴂，背夜月啼到無聲。何計尋？白頭料理，聚散隔年情。　消凝，鑪煙依戀，藥裹流連，分萍蓬不定。渾未忘延秋湖舸，話雨牀鐙。心魂老去須相守，辦歲寒尊酒平生。吟望苦，終期共惜伶俜。

上朱孝臧詞三十三首，錄自《彊邨遺書》本《彊邨語業》。

【小傳】

朱孝臧一名祖謀，字古微，號漚尹，又號彊邨，浙江歸安人。咸豐七年（一八五七）丁巳七月二十一日生。舉光緒壬午（一八八二）鄉試，明年、成二甲一名進士，改庶吉士，授編修，屢擢至侍講學士、禮部侍郎。甲辰（一九〇四），出爲廣東學政，與總督齟齬，引疾去。回翔江海之間，攬名勝，結儒彥自遣。民國辛未年（一九三一）十一月二十二日，卒於上海，年七十五。歸葬吳興道場山麓。孝臧始以能詩名，及官京師，交王鵬運，棄而專爲詞，勤探孤造，抗古邁絕，海內歸宗匠焉。晚處海濱，身世所遭，與屈子澤畔行吟爲類。故其詞獨幽憂怨悱，沈抑縣邈，莫可端倪。嘗校刻唐、宋、金、元人詞百六十餘家爲《彊邨叢書》，又輯《湖州詞徵》二十四卷，《國朝湖州詞徵》六卷，《滄海遺音集》十三卷，學者奉爲寶典。其自爲詞，經晚歲刪定爲《彊邨語業》二卷，身後其門人龍沐勛[1]爲補刻一卷，入《彊邨遺書》中。（參閱《彊邨遺書》附錄陳三立撰：《朱公墓志銘》及夏孫桐撰行狀。）

【集評】

張爾田曰：先生所爲詞，跨常邁浙，淩厲躒朱，迢然而龍鸞翔，毚然而蘭苕發。儗之有宋，聲與政通，如范、如蘇、如歐陽，深文而隱蔚，遠旨而近言，三薰三沐，尤近覺翁。（《彊邨遺書序》）又曰：侍郎詞晚年頗取法於蘇。（《龍榆生忍寒詞序》）又曰：古丈晚年詞，蒼勁沈著，絕似少陵夔州後詩。（《與龍榆生論彊邨詞書》）夏敬觀曰：侍郎詞蘊情高复，含味醇厚，藻采芬溢，鑄字造辭，莫不有來歷，體澀而不滯，語深而不晦，晚亦頗取東坡以疏其氣。（《忍寒詞序》） 王國維曰：近人詞如復堂詞之深婉，彊邨詞之隱秀，皆在半塘老人上。彊邨學夢窗，而情味較夢窗反勝，蓋有臨川、廬陵之高華，而濟以白石之疏越者，學人之詞，斯爲極則。然古人自然神妙處，尚未見及。

---

① "沐勛"新版作"榆生"。

（《人間詞話》下）冒廣生曰：歸安朱古微侍郎，中歲始填詞，而風度矜莊，格調高簡。王幼遐云：“世人知學夢窗，知尊夢窗，皆所謂但學蘭亭之面；六百年來，真得髓者，古微一人而已。”（《小三吾亭詞話》卷二）葉恭綽曰：彊邨翁詞，集清季詞學之大成，公論翕然，無待揚榷。余意詞之境界，前此已開拓殆盡，今茲欲求於聲家特開領域，非別尋塗徑不可。故彊邨翁或且爲詞學之一大結穴，開來啓後，應有繼起而負其責者，此今日論文學者所宜知也。（《廣篋中詞》二）

況周頤

蘇武慢　寒夜聞角

　　愁入雲遙，寒禁霜重，紅燭淚深人倦。情高轉抑，思往難回，淒咽不成清變。風際斷時，迢遞天涯，但聞更點。枉教人回首，少年絲竹，玉容歌管。　憑作（去）出百緒淒涼，淒涼惟有，花冷月閒庭院。珠簾繡幕，可有人聽？聽也可曾腸斷？除卻塞鴻，遮莫城烏，替人驚慣。料南枝明月，應減紅香一半。

【評】王國維曰：境似清真，集中他作，不能過之。（《人間詞話》下）　葉恭綽曰："珠簾繡幕"三句，乃夔翁所最得意之筆。（《廣篋中詞》二）

摸魚兒　詠蟲

　　古牆陰夕陽西下，亂蟲蕭颯如雨。西風身世前因在，儘意哀吟何苦？誰念汝？向月滿花香，底用淒涼語？清商細譜。奈金井空寒，紅樓自遠，不入玉箏柱？　閒庭院，清絕卻無塵土，料量長共秋住。也知玉砌雕闌好，無奈心期先誤！愁謾訴，只落葉空階，未是消魂處。寒催堠敀。料馬邑龍堆，黃沙白草，聽汝更酸楚。

水龍吟

已丑秋夜，賦角聲《蘇武慢》一闋，爲半唐所擊賞。乙未四月，
移寓校場五條胡同，地偏宵警，嗚嗚達曙，淒徹心脾。漫拈此解，
頗不逮前作，而詞愈悲，亦天時人事爲之也。

聲聲只在街南，夜深不管人顚頷。淒涼和併，更長漏短，
殼人無寐。燈炧花殘，香消篆冷，悄然驚起。出簾櫳試望，半
珪殘月，更堪在，煙林外！　愁入陣雲天末，費商音無端淒戾。
鬢絲搔短，壯懷空付，龍沙萬里。莫謾傷心，家山更在，杜鵑
聲裏。有啼烏見我，空階獨立，下青衫淚。

減字浣溪紗九首錄二

余賦櫻花詞屢矣，率羌無故實。偶閱黃公度《日本雜事詩注》
及日人原善公道《先哲叢談》，再占此九調。時乙卯大暑前一日。

萬里移春海亦香，五雲扶艦渡花王，從教彩筆費平章。　萼
綠華尤標俊賞，（綠者尤娟倩）藐姑射不競濃妝，遍翻芳譜只
尋常。

舜水祠堂璨雪霞，廣平鐵石賦梅花，葛薇身世一枯槎。　紅
樹仙源仍世外，綵旛春色換鄰家，過牆蜂蝶近紛挐。

定風波

未問蘭因已惘然，垂楊西北有情天。水月鏡花終幻迹，贏
得，半生魂夢與纏綿。　戶網遊絲渾是罥，被池方錦豈無緣？爲
有相思能駐景，消領，逢春惆悵似當年。

曲玉管　憶虎山舊遊

兩槳春柔，重闉夕遠，尊前幾日驚鴻影。不道瓊簫吹徹，凄感平生。忍伶俜。杳杳蘅皋，茫茫桑海，碧城往事愁重省。問訊寒山，可有無限傷情？作鐘聲。　換盡垂楊，只縈損天涯絲鬢。那知倦後相如，春來苦恨青青。楚腰擎。抵而今消黯，點檢青衫紅淚，夕陽衰草，滿目江山，不見傾城。

【評】葉恭綽曰：末三句亦所最自賞。（《廣篋中詞》二）

西子妝

蛾蕊鬟深，翠茵蹴淺，暗省韶光遲暮。斷無情種不能癡，替消魂亂紅多處。飄零信苦，只逐水霑泥太誤。送春歸，費粉娥心眼，低徊香土。　嬌隨步。著意憐花，又怕花欲妒。莫辭身化作微雲，傍落英已歌猶駐。哀箏似訴，最腸斷紅樓前度。戀寒枝昨夢，驚殘怨宇。

【評】葉恭綽曰：怨斷淒涼，意內言外。（《廣篋中詞》二）

減字浣溪紗　聽歌有感

惜起殘紅淚滿衣，它生莫作有情癡，人天無地著相思。　花若再開非故樹，雲能暫駐亦哀絲，不成消遣只成悲。

前調二首

風雨高樓悄四圍，殘燈黏壁淡無輝，篆煙猶裊舊屏幃。 已
忍寒欺羅袖薄，斷無春逐柳緜歸，坐深愁極一霑衣。

一晌溫存愛落暉，傷春心眼與愁宜，畫闌憑損縷金衣。 漸
冷香如人意改，重尋夢亦昔遊非，那能時節更芳菲？

上況周頤詞十一首，錄自惜陰堂刊本《蕙風詞》。

【小傳】

況周頤原名周儀，字夔笙，號蕙風，廣西臨桂人，原籍湖南寶
慶。咸豐九年（一八五九）九月初一日生。以優貢生中式光緒五年
（一八七九）鄉試，官內閣中書。嗜倚聲，與同里王鵬運共晨夕，於所
作多所規誡，自是寢饋其間者五年。南歸後，兩江總督張之洞、端方
先後延之入幕。晚居上海，以鬻文爲活。民國十五年丙寅（一九二六）
七月十八日卒，年六十八。葬湖州道場山。有詞九種，合刊爲《第一
生修梅花館詞》，後又刪定爲《蕙風詞》一卷，其門人趙尊嶽爲刊於
《蕙風詞話》後。 周頤以詞爲專業，致力五十年，特精評品。所爲詞話，
朱祖謀推爲絕作云。（參閱馮煦《況君墓誌》及余賓撰《清季四大詞人》。）

【集評】

王國維曰：蕙風詞小令似叔原，長調亦在清真、梅溪間，而沈痛
過之。彊邨雖富麗精工，猶遜其真摯也。天以百凶成就一詞人，果何
爲哉？（《人間詞話》下） 葉恭綽曰：夔笙先生與幼遐翁崛起天南，各
樹旗鼓。半塘氣勢宏闊，籠罩一切，蔚爲詞宗；蕙風則寄興淵微，沈
思獨往，足稱巨匠；各有真價，固無庸爲之軒輊也。（《廣篋中詞》二）

汪兆鏞

憶舊遊　登韶州九成臺

隱林梢半角，危榭荒臺，蹋碎涼煙。無限蒼茫意，恰泠泠虛籟，飛到吟邊。晚風暗吹雙鬢，秋影不堪憐。念津鼓敲寒，郵鐙賁夢，銷損華年。　留連，感今古，問法曲南薰，遺響誰傳？臙平蕪殘照，添數絲衰柳，搖落山川。根觸天涯情緒，淒咽答幽蟬。休更計明宵，疏篷凍雨人獨眠。

【評】葉恭綽曰：神似玉田。（《廣篋中詞》三）

柳梢青

雨暗煙昏，故園何處？花落成茵。幾日離愁，閒拋笛譜，嬾拂箏塵。　儘教燕去鶯嗔，休忘卻東風舊因。夢裏還尋，愁邊獨寫，忍說殘春？

【評】葉恭綽曰：欲言不盡。（《廣篋中詞》三）

蝶戀花

榆生以詠木棉詞見示，奉和一闋。廣州北城，跨粵秀山，山多紅棉，暮春花時，照耀雉堞間，偉麗絕勝。聞山中人云：「二十來年，林壑殄瘁，非承平日風景矣！」

霸氣銷沈山嶄嶸。望極愁春，春釀花如血。照海燒空誇獨絕，東風笑客誰堪折？　一片蕪城都飽閱。火樹年年，搖落清明節。聽取鵃鴣啼木末，畫情空憶山樵說。（木棉一名烽火樹。乾隆間，粵人郭樂郊善畫木棉鵃鴣，黎二樵喜作紅棉碧嶂圖，一時齊名。）

上汪兆鏞詞三首，錄自《雨屋深鐙詞》及《詞學季刊》。

【小傳】

汪兆鏞字伯序，號憬吾，廣東番禺人，原籍浙江山陰。咸豐十一年（一八六一）生。光緒十五年（一八八九）舉於鄉，兩應禮部試，不售，遂南歸，爲人佐治。辛亥後僑居澳門，閉戶撰述。嘗受業陳澧門下，治經、治史，一以師說爲歸。民國二十八年（一九三九）卒，年七十九。著有《晉會要》《碑傳集三編①》《微尚齋詩文集》《雨屋深鐙詞》等。（參閱張爾田撰：《汪君墓誌銘》）

【集評】

夏敬觀曰：憬吾詞致力姜、辛，自抒懷抱，其品概亦今日之鄺湛若也。（《忍古樓詞話》）

---

① "三編"二字原缺，據新版補。

俞陛雲

浣溪沙

風皺柔懷水不如，碧城消息近來疏，嫩涼人意倦妝梳。 錦幄明燈鴛索夢，文梁斜日燕窺書，賭騰渾不信當初。

莫向流萍託愛根，侵階羅襪怨黃昏，單衾殘燭與溫存。 風定流塵棲繡榻，街空斜月掩朱門，穠華如水漸留痕。

高陽臺

辛巳歲，先室絢華，侍祖外舅彭剛直公歸衡陽。時余年十四，婦年十六。舟發胥江，依依惜別，爲第一度分襟處。三十年來，傷離感逝之懷，焉得逢人而語？黃陵瑤瑟，颺乘仙女之蹤；元武明珠，淚結相思之字。野水孤帆，城陰一角，夕陽無語，離思當年，低回獨喻云。

崎岸無人，亂山如夢，重來儘耐思量。乍展情芽，嬌憨騎竹年光。關河未識天涯遠，只難禁酸沁回腸。掩離觴，忍淚低饗，已溼羅裳。 噓寒問煖尋常語，到臨歧囑付，垂老難忘。小坐遷延，一雙人影斜陽。卅年綺恨飄風過，剪秋燈誰話滄桑？向橫塘，淡月昏煙，獨雁回翔。

浣溪沙　重過陶然亭

山色林光一碧收，小車穿葦宛行舟，退朝裙屐此淹留。 衰柳有情還繫馬，夕陽如夢獨登樓，題牆殘字蘇花秋。（庚寅春，偕宗子戴、姜穎生諸君來遊，見西牆有雪珊女史題句云：“柳色隨山上鬢青，白丁香折玉亭亭。天涯寫遍題牆字，只怕流鶯不解聽。”三十載重遊，舊題已漫漶矣。）

前調 憶苕溪舊遊

偃月橋西曲港通，貪看山色屢支篷，輕衫涼約野塘風。　菜隴割苗環稚子，蔗田舞杖醉村翁，近鄉人語樂年豐。

數點蘋花映釣磯，幾彎桑徑隱柴扉，溪中雲影逐帆飛。　秋水黃欹漁艍竹，朝陽紅曬舵樓衣，鄉園風物總依依。

薄晚輕舟任所之，沿流村屋上燈遲，歸鴉占盡綠楊枝。　芳草久荒高士宅，殘花猶發女郎祠，夕陽吟望自移時。

上俞陛雲詞七首，錄自家刊本《樂靜詞》。

【小傳】

俞陛雲字階青，浙江德清人。同治七年戊辰（一八六八）三月十七日生。祖樾，近代經師。陛雲承家學，光緒戊戌（一八九八）科會試成進士，殿試一甲三名及第，授編修。壬寅（一九〇二）出任四川鄉試副考官，著《入蜀驛程記》。辛亥後，寄寓北京，一九五〇年十月十二日卒，年八十三。刊有《樂靜詞》。

趙 熙

三姝媚　下平羌峽

涼煙秋滿灞，出平羌山光水光如畫。近綠遙青，襯小灘簑笠，夕陽桑柘。雁路高寒，閒動了江湖情話。半世天涯，無福移家，海棠香社。　前渡嘉州來也！指竹里龍泓，酒鄉鷗榭。一段天西，想萬蒼千翠，定通印雅。斷塔林梢，詩思在烏尤山下。淡淡青衣漁火，寒鐘正打。

【評】葉恭綽曰：詩人之詞。（《廣篋中詞》三）

甘州　寺夜

任西風吹老舊朝人，黃花十分秋。自江程換了，斜陽瘦馬，古縣龍遊。歸夢今無半月，蔬菜滿荒丘。一笠青山影，留我僧樓。　次第重陽近也！記去年此際，海水西流。問長星醉否？中酒看吳鉤。度今宵雁聲微雨，賴碧雲紅葉識鄉愁。清鐘動，有無窮事，來日神州。

【評】葉恭綽曰：蒼秀入骨。（《廣篋中詞》三）

婆羅門令

兩月來蜀中化爲戰場，又日夜雨聲不絕，楚人云：
"后土何時而得乾也！"山中無歌哭之地，黯此言愁。

　　一番雨滴心兒碎，番番雨便滴心兒碎。雨滴聲聲，都妝在心兒裏。心上雨干甚些兒事？　今宵滴聲又起，自端陽已變重陽味。重陽尚許花將息，將睡也，者天氣怎睡？問天老矣，花也知未？雨自聲聲未已，流一汪兒水，是一汪兒淚！

上趙熙詞三首，錄自《香宋詞》。

【小傳】

　　趙熙字堯生，號香宋，四川榮縣人。同治六年丁卯（一八六七）九月十三日子時生。光緒庚寅（一八九〇）進士，授編修，轉江西道監察御史，以抗直敢言，著稱清季。工詩，善書，間亦作畫。詩篇援筆立就，風調冠絕一時。偶撰戲詞，傳播婦孺之口。喜獎掖後進，不爲崖岸。蜀中遭亂，寇盜不敢侵，人以擬之"鄭公鄉"云。民國三十七年（一九四八）九月二十七日（陰曆八月二十五日申時）卒於故里，年八十二。熙素不填詞，壬子自滬歸里後，於六百日中，成《香宋詞》三卷，丁巳（一九一七）刊於成都，自後絕不復作。詩篇隨手散落，有手寫《峨眉紀行詩》，曾影印行世，傳本甚稀。近由其門人周善培、江庸等輯錄遺稿，排印爲《香宋詩前集》二册，亦非其全也。

【集評】

　　夏敬觀曰：香宋詞芬芳俳惻，騷、雅之遺，固非詹詹小言也。（《忍古樓詞話》）

桂念祖

臨江仙

落盡紅英千點，愁攀綠樹千條。雲英消息隔藍橋。袖間今古淚，心上往來潮。　懊惱尋芳期誤，更番懷遠詩敲。靈風夢雨自朝朝。酒醒春色暮，歌罷客魂消。

【評】葉恭綽曰：語含哲理，詩雜仙心。（《廣篋中詞》二）

菩薩蠻　讀小山詞

才華已爲情銷損，那堪又被多情困？珠玉女兒喉，新詞嬾入眸。　清愁消不得，夢入蓮花國。方信斷腸癡，斷腸天不知。

上桂念祖詞二首，錄自《藝衡館詞選》，依《廣篋中詞》及《忍古樓詞話》校正。

【小傳】

桂念祖一名赤，字伯華，江西德化人。同治八年（一八六九）生，與夏敬觀同師皮錫瑞，經學詞章，根柢深厚。光緒丁酉（一八九七）中副舉。以甲午（一八九四）受刺激，戊戌（一八九八）從康、梁變政，主滬萃報館。梁啟超離湖南，舉念祖代時務學堂講席。未行而難作，念祖匿於鄉，旋趣金陵，依楊文會學佛。嗣後留學日本十餘年，以民國四年（一九一五）三月五日客死。臨終，自撰輓聯云：“無限慚惶，試回思囊日壯心，祇餘一慟。有何建白？惟收拾此番殘局，準備重來。”（參考《忍古樓詞話》及歐陽漸撰：《桂伯華行述》。）遺詞收入《藝衡館詞選》者三首，連《忍古樓詞話》所載，共六首而已。

張爾田

燭影搖紅　晚春連雨，感懷。

輕暖輕寒，謝巢愁損雙棲燕。東風只解絆楊花，往事和天遠。半鏡流紅涴遍，蕩愁心傷春倦眼。數峯窺戶，約略殘鞾，一眉新怨。　寥落空尊，少年曾預西園宴。流光銷盡雨聲中，此恨憑誰遣？容易林禽又變，綠塵飛薔薇弄晚。懨懨睡起，澹日花梢，無人庭院。

三姝媚　中秋夜，感遇成歌。

西堂殘燭地。蕩簾波沈沈，鏡天無罅。細浪芳尊，繞桂叢猶記，賞秋闌夜。露腳飛遲，雙鬢妥花飄涼麝。望裏瓊空，依約年時，半鐙蛩話。　春老蘭情衰謝。歡舊篋題香，怨紅銷帕。扇底圓姿，問故山眉意，澹蛾誰畫？倦眼霄程，還自覷仙軿來下。那更蒼龍侵曉，瑤臺夢惹。

木蘭花慢　堯化門車中作

倚軫天似醉，問何地，著羈才？看亂雪荒壖，春鵑淚點，殘夢樓臺。低徊笛中怨語，有梅花休傍故園開。燕外寒欺酒力，鶯邊煖閣吟懷。　驚猜，鬢縷霜埃。杯暗引，劍空埋。甚蕭瑟蘭成，江關投老，一賦誰哀？秦淮舊時月色，帶棲烏還過女牆來。莫向危帆北睇，山青如髮無涯！

采桑子　史館秋蓼

舊家池館栽無地，一角牆東，畫出霜容，�到秋心不許紅。　夕陽著意相憐藉，媚盡西風，蝶夢煙空，明日登樓送塞鴻。

玉漏遲

古微丈逝世海上，讀弁陽翁弔夢窗“錦鯨仙去”句，愴懷萬端，即用其調，以當哀些。

亂離詞客少！錦鯨仙去，鶴歸華表。把酒生平，都是舊時言笑。零落霜腴潤墨，流怨入江南哀調。春恨渺，十年心事，殘鵑能道。　白頭飽閱興亡，又淺到紅桑，海塵揚了！萬里吞聲，淒絕杜陵愁抱。歸唱水雲夜壑，料應比人間春好。鷗夢覺，沈沈卞峯殘照。

聲聲慢

閒步郊原，追念彊邨翁，淒然成詠。

碧將山斷，紅帶霞分，登臨何限霑衣？醉後羊曇，西園處處花飛。芳洲已無杜若，便涉江欲采貽誰？還解佩，甚楚蘭盈把，都化相思？　怕聽黃壚碎語，幾夜窗秉燭，驚夢猶疑。舊隱鷗邊，如今應悵人非。飄零墜梅怨曲，尚泠泠海上心期。愁更遠，撫霜鴻彈斷素徽。

鷓鴣天　六十自述

六十明朝過眼新，鏡中吟鬢老於真。寄生槐國原無夢，避世桃源豈有津？　蒼狗幻，白鷗馴，安排歌泣了閒身。百年垂死今何日？曾是開天樂世人！

石州慢　《上彊邨授硯圖》，爲楡生題。

蛻後哀蟬，珍重瓣香，詞老親敕。高情無著庵中，夢冷閒鷗成憶。藥鑪禪榻，幾人夜半傳衣，踏天直割蟾蜍月。彩筆素心違，想吟邊頭白。　休說，薰香紅袖，諫草青蒲，舊家遺直。繙譜新聲，流怨雲腴能識。勸君攜取，蕭條異代吾師，晴窗長伴研朱滴。潑墨《雪川圖》，滿空江煙闊。

木蘭花令

繁華催送，人世恍然真一夢。何處笙歌？水殿風來散敗荷。　饑烏啄肉，回首都亭三日哭。國破城空，殘照千山淚點紅。

滿庭芳　丁丑九月，客燕京，書感。

照野江烽，連天海氣，物華捲地休休！殘陽一靉，怎不爲人留？幾點昏鴉噪晚，荒邨外鬼火星稠。傷高眼，還同王粲，多難強登樓。　驚弓如塞雁，林間失侶，落影沙洲。便青山縱好，何處吾丘？夜夜還鄉夢裏，分飛阻重到無由？空城上，戍旗紅閃，白日淡幽州。

浣溪沙

著意人前暈翠螺，嬌多貪耍不成歌，長裙出水礙新荷。　斗帳罷熏添古刺，香輪催發響摩托，月明歸路奈君何？

渡江雲

俶園雜蒔花木，頗有終焉之志，賦示榆生、瞿禪。

溪堂何處好？雜花手植，背郭俯晴郊。十年雲海臥，自斷音書，泛宅到漁樵。舟橫野彴，漸夢落江雨春潮。蘭徑深，隔隣疏援，紫蔓上藤梢。　無聊，牆東遺世，塞北爲家，任旁人一笑。休更驚羌邨烽火，投老安巢。綠陰滿地初宜夏，步水曲山鳥相招。沈醉語，生涯換得枯瓢。

上張爾田詞十二首，錄自忍寒廬刊本《遯盦樂府》。

【小傳】

張爾田一名采田，字孟劬，浙江錢塘人。同治十三年（一八七四）正月二十九日生。父上龢，曾從蔣春霖受詞學，又與鄭文焯爲詞畫至交，僑寓蘇州，著有《吳漚煙語》。爾田治史學及《俱舍論》甚深。清季官候補知府。民國初建，預修《清史》，旋任北京大學教授，晚爲燕京大學國學總導師。以民國三十四年（一九四五）陰曆正月初七日卒，年七十二。著有《史微》《玉谿生年譜會箋》《清史后妃傳》《遯盦文集》等書。《遯盦樂府》一卷，刻入《滄海遺音集》。余爲別刊二卷本，最爲完備。（參閱《詞學季刊》爾田撰《大鶴山人逸事》及夏敬觀著《忍古樓詞話》。）

【集評】

夏敬觀曰：君自遘世蹇屯，益勵士節，勤撰述。其寓思於詞也，時一傾吐肝肺芳馨，微吟斗室間，叩於窈冥，訴於真宰，心癯而文茂，旨隱而義正，豈餘子所能幾及哉？（《遯盦樂府序》）葉恭綽曰：孟劬詞淵源家學，濡染甚深，與大鶴研討，復究極幽微，故所作亦具冷紅神理。（《廣篋中詞》三）

陳 洵

六醜　木棉謝後作

正朱華照海，帶碧瓦參差樓閣。故臺更高，無風花自落，一夢非昨。過眼千紅盡，去來歌舞，怨粉輕衣薄。青山客路鴂啼惡。淚斷香綈，燈收雨箔。頹然舊遊城郭，尚幢幢日蓋，殘霸天邈。　川盤嶺礴，算孤根易託。頓有離家恨，何處著？爭枝又鬧羣雀。似依依念定，惹茸曾約。芳韶好柳黃初啄。得知道一樣天涯化絮，到頭漂泊。山中事分付榴蕚。笑燕子尚戀西園夜，春歸未覺。

長亭怨慢　譚子端家燕巢復毀，再賦。

正飛絮人間無主，更聽淒淒，碧紗煙語。夢迹空梁，淚痕殘照有今古。託身重省，都莫怨狂風雨。自別漢宮來，眄故國平居何處？　且住？甚尋常客恨，也到舊家閒宇？天涯又晚，恐猶有野亭孤露。漫目斷黯黯雲樯，付邨落黃昏衰鼓。向暗裏銷凝，誰念無多桑土？

瑞龍吟

莊頭邨花田，自五代迄今，蓋亦地之韻者。余既來遊，感歡今昔，託之於音。

是何世？依舊占水耕花，就橋通市。朝朝簪約裾盟，有情未免，多才儘費。　凝愁睇，情共露晞平曉，夢痕清泚。分攜斂日壚煙，步波皺損，嬌塵漫委。　偏稱天涯芳怨，眼中今古，秋聲還起。誰惜故山衰遲，吟畔憔悴。鮫綃罷織，愁迸蠻珠碎。傷心到無人爲省，荒邨年歲。換劫鬒華墜。海風卷盡，宮斜廢隧。須信吾鄉美，終未比仙源桃花春水。感時倦客，空抛鉛淚。

虞美人

芳菲冉冉辭鶗鴂，又作人間別。黃昏樓殿月冥濛，一夜高寒相望斷天風。　宮衣瘦盡苔華在，不信連環解。無情遼水自年年，只有雁飛猶見舊山川。

前調　夜闌炳燭，聊復命題。

蘭成先自吟魂斷，雁塞龍沙遠。鑪煙銷盡始孤明，恰稱天涯今夜此時情。　淒花颭颭流塵泊，惜別心如昨。曙窗誰爲喚啼紅？故國新霜簾幕夢華中。

風入松　重九

人生重九且爲歡，除酒欲何言？佳辰慣是閒居覺，悠然想今古無端。幾處登臨多事，吾廬俯仰常寬。　菊花全不厭衰顏，一歲一回看。白頭親友垂垂盡，尊前問心素應難。敗壁哀蛩休訴，雁聲無限江山。

【評】葉恭綽曰：沈厚轉爲高渾，此境最不易到。（《廣篋中詞》三）

水龍吟　丁卯除夕

春來準擬開懷，是誰不放殘年去？寒更燈火，斷魂依在，嚴城戍鼓。天北天南，一聲歸雁，有人愁苦。算尋常經過，今年事了，都休向，明朝語。　光景花前冉冉，倚東風從頭還數。因循卻怕，登臨無地，夕陽如故。爛醉生涯，頹然自臥，嬾歌慵舞。待鳴雞喚起，白頭簪勝，儘平生度。

南鄉子

己巳三月，自郡城歸鄉，過區奉吾西園話舊。

不用問田園，十載歸來故舊歡。一笑從知春有意，籬邊，三兩餘花向我妍。　哀樂信無端，但覺吾心此處安。誰分去來鄉國事，悽然，曾是承平兩少年？

燭影搖紅

滬上留別彊邨先生

鱸膾秋杯，樹聲一夜生離怨。趁潮津月向人明，還似當時見。芳草天涯又晚，送長風蕭蕭去雁。淒涼客枕，宛轉江流，挮來孤館。　頭白相看，後期心數逡巡遍。此情江海自年年，分付將歸燕。襟淚香蘭暗泫，兩無言青天望眼。老懷翻怕，對酒聽歌，吳姬休勸。

宴山亭

辛未九日，與風餘諸子風雨登高。

閒夢東籬，悽絕素心，暝色相攜高處。殘照翠微，舊月黃昏，佳約有時風雨。漫惜多陰，知道是秋光誰主？凝佇，曾舊識江山，看人無語。　還喜，身健登臨，且隨分清尊，慰秋良苦。漉巾愛酒，岸幘簪花，商略較誰風度？盡日停雲，休更憶昔年親故。遲暮，須料理幽居詞賦。

玉樓春　酒邊偶賦，寄榆生。

新愁又逐流年轉，今歲愁深前歲淺。良辰樂事苦相尋，每到會時腸暗斷。　山河雁去空懷遠，花樹鶯飛仍念亂。黃昏晴雨總關人，惱恨東風無計遣。

上陳洵詞十一首，錄自《滄海遺音集》本《海綃詞》及未刊稿。

【小傳】

　　陳洵字述叔，廣東新會人。少有才思，遊江右十餘年。晚歲教授廣州中山大學。歸安朱孝臧見其詞，甚加推許，嘗稱新會陳述叔、臨桂況夔笙爲“並世兩雄，無與抗手”。又爲校印所著《海綃詞》，並題句曰：“雕蟲手，千古亦才難。新拜海南爲上將，試要臨桂角中原，來者孰登壇？”亦見其推許之至矣。其後復收入《滄海遺音集》，共二卷。洵生性孤峭，少與順德黃節善。番禺梁鼎芬每爲揚譽，並稱“陳詞黃詩”。以同治十年（一八七一）生，民國三十一年（一九四二）五月初六日卒於廣州，年七十二。（參考黃節《海綃詞序》及《同聲月刊》第二卷第六號予所撰《陳海綃先生之詞學》）尚有遺詞一卷，待刊。

【集評】

朱孝臧曰：海綃詞神骨俱靜，此真能火傳夢窗者。又曰：善用逆筆，故處處見騰踏之勢，清真法乳也。又曰：卷二多樸遬之作，在文家爲南豐，在詩家爲淵明。（彊邨老人手批：《海綃詞》）　張爾田曰：比閱近代詞集頗多，自當以樵風爲正宗，彊邨爲大家也。述叔、映盦，各有偏勝，無傷詞體。陽阿才人之筆，蒼虯詩人之思，降而爲詞，似欠本色。又曰：蒼虯頗能用思，不尚浮藻，然是詩意，非曲意，此境亦前人所未到者。述叔、映盦，皆從詞入，取徑自別，但一則運典能曲，一則下筆能辣耳。（《與龍榆生論詞書》）　葉恭綽曰：述叔詞最爲彊邨翁所推許，稱爲一時無兩。述叔詞固非襞積爲工者，讀之，可知夢窗真諦。（《廣篋中詞》三）

梁啟超

金縷曲

丁未五月歸國，旋復東渡，卻寄滬上諸子。

瀚海飄流燕，乍歸來依依難認，舊家庭院。唯有年時芳儔在，一例差池雙翦。相對向斜陽淒怨。欲訴奇愁無可訴，算興亡已慣司空見。忍拋得，淚如綫。　故巢似與人留戀。最多情欲黏還墜，落泥片片。我自殷勤銜來補，珍重斷紅猶軟。又生恐重簾不卷。十二曲闌春寂寂，隔蓬山何處窺人面？休更問，恨深淺。

【評】葉恭綽曰：“深心託豪素。”（《廣篋中詞》二）
上梁啟超詞一首，錄自《藝蘅館詞選》。

【小傳】

梁啟超字卓如，號任公，廣東新會人。清同治十二年（一八七三）正月二十六日生。爲南海康有爲弟子。光緒間，與有爲鼓吹變法，世號“康梁”。戊戌政變後，亡命日本。民國初，一任財政總長，旋復漫遊歐陸。晚歲主講清華大學研究院，壹意著書。民國十八年（一九二九）一月十九日卒於北平，年五十六。有《飲冰室全集》，卷帙浩繁，附詞一卷。

易 孺

霜花腴　九日浦江園

怨潮暮咽，對莽蒼迢迢，臕寫心枯。衰草煙冥，碧天雲皺，秋花未引清娛。亂蓬已疏，奈淚深先沐茱萸。怕殘蟬做足銷凝，夢悽聲晚渺寒蕪。　仙客醉楓山路，競分賤刻燭，記在西湖。佳節都過，閒情依舊，而今慧蹟全孤。據愁檣梧，惱暗茸羞帽微烏。更滄溟雁遠飀遲，幾人知寓書？

滿江紅

不匱詞翁、忍寒教授皆賜和拙作《滿江紅》之闋，驪感何既？別觸愴傷，更次前韻，分呈誨督。

一葉輿圖，慘換了幾分顏色。誰忍問二陵風雨，六朝城闕。雨粟哭從倉頡後，散花妙近維摩側。咽不成《高指念奴嬌》，聲聲歇。　塵根斷，無生滅。山河在，離言說。臕倉皇辭廟，報君以血。蜀道鵑魂環佩雨，胡沙馬背琵琶月。莽乾坤今日竟如何？同傾缺。

虞美人

霜中楓冷猶紅舞，樵笛憑誰譜？不求老屋得三間，讓與枯僧和餓占名山。　幽蘭自爾能心素，休作傾城顧。水清拈取一枝看，忍向春風爲伴卷簾寒。

上易孺詞三首，錄自《大厂詞稿》及《和玉田詞》。

【小傳】

　　易孺號大厂，又號韋齋，廣東鶴山人。同治十三年（一八七四）三月十三日生。原名廷熹，字季復。早歲肄業廣雅書院，爲陳澧再傳弟子。中年遊學日本，習師範。旋從楊文會學佛。工詩、詞、書、畫，尤精篆刻。歷任北京高等師範學校、上海音樂院教授。與蕭友梅合作新體樂歌，盛行於民國初年。晚歲窮愁潦倒，以民國三十年（一九四一）十一月初九日卒於上海，年六十八。孺填詞務爲生澀，愛取周、吳諸僻調，一一依其四聲虛實而強填之，用心至苦，自謂“百澀詞心不要通”云。有寫本《大厂詞槀》行世。遺製《和玉田詞》一卷，漸趨疏雋，待刊。

【集評】

　　葉恭綽曰：大庵詞審音琢句，取徑艱澀。茲綠其較疏快之作，解人當不難索也。（《廣篋中詞》三）

夏敬觀

解連環

溪花零落，秋意漸深。偶溯舊遊，不勝遲暮之感，因賦此解，以遣愁懷。

後溪燈閣，迎飛螢度水，亂投簾幕。待兔影纔轉高梧，聽斜透樓鐘，四鳴街柝。綷縩衣聲，誤風捲葉啼廊角。早空梁射眼，照見玉人，粉淚雙落。 蒼苔印殘繡屧，記銀屏抱汲，秋斷闌索。翠帶壓千疊愁香，繞衰柳彎堤，恨阻幽約。幾日驚飆，對萬頃疏紅殘蕚。問誰知？素娥耐冷，夜情似昨。

徵招

花朝社集，追念漚翁下世，各擬輓章。五旦徵調最哀，爲燕樂所不備。白石尋韻作譜，音響巉峭。覆杯墮淚，漫倚此聲。

漚風不解哀絃冷，泠泠雪溪霜水。縹緲鶴歸雲，斷詞仙遊戲。舜韶潛在耳，念遺響紫霞能記。痛絕人琴，折楊難繼，玉桐敎碎。 眼底破家山，空憑弔，淒涼故人身世。帝所奏鈞天，喚頹魂不起。爲君圖玉笥，問誰識女蘿山鬼？強持酒一酹荒邱，奈谷蘭春萎！

石州慢　自題填詞圖

花底清歌，尊畔墜歡，那與頭白？誰呼醉席魂馨？起拂硯埃敎惜。賤天有恨，試遣譜入宮商，媧皇絃竹皆陳跡。宛轉訴愁環，聽秋蟲虛織。 岑寂！好山來夢，荒谷行吟，念中泉石。憑仗吳裝，替寫林嵐蒼碧。敲殘柳甕，送老久厭名場，閒謳莫付南樓笛。曙海盪行襟，滄叢悲餘憶。

烏夜啼

玉繩初掛牆東，去花叢，遮莫圓如秋扇感西風。 銀漢轉，眾星見，暗簾櫳，無奈寒螢三兩露華中！

小重山

人事支離到歲殘。夢程天樣闊，枕難安。糾紛心目是關山。宵來雪，未比曉晴寒。 身世寄危闌。樓臺噓蜃現，不堪看。西飛多少雁聲酸。滄洲畔，閒地可容寬？

八聲甘州

聽愁霖一陣打窗來，層陰黯重軒。任皋雷殷地，梅風拂渡，莫掃蠻煙。江擁涕洟入海，楚夢總無邊。誰管湯湯水？漸蹴吳天。 廿載萍浮南北，問故鄉何所？能守田園。覰囓根桑盡，本不植高原。對滄洲潮吞汐捲，恐陸沈深恨有難言。空凝望，止狂流駐，休漲前川。

上夏敬觀詞六首，錄自《映庵詞》及《詞學季刊》。

【小傳】

夏敬觀字劍丞，號盥人，又號映庵，江西新建人。光緒元年（一八七五）五月初十日生於長沙。甲午（一八九四）舉人，歷任三江師範學堂、復旦、中國公學監督，江蘇巡撫參議，署提學使。民國初，任浙江教育廳長。旋退隱滬西，築室康家橋，小有花木之勝。家精庖饌，恒與詞流嘯詠其間。通經、史，工詩、詞。晚歲斥賣舊宅，以鬻畫自給。一九五三年五月十四日（農曆四月初二日）卒，年七十九。著有《漢短簫鐃歌注》《詞調溯源》《忍古樓詞話》《忍古樓詩集》《映庵詞》等書。

【集評】

葉恭綽曰：鑒丞平生所學，皆力闢徑塗；詞尤穎異，三十後已卓然成家。今又二十餘載矣！詞壇尊宿，合繼王、朱，固不徒爲西江社裏人也。（《廣篋中詞》四）

王國維

蝶戀花

百尺朱樓臨大道。樓外輕雷，不間昏和曉。獨倚闌干人窈窕，閒中數盡行人小。 一霎車塵生樹杪。陌上樓頭，都向塵中老。薄晚西風吹雨到，明朝又是傷流潦。

浣溪沙

掩卷平生有百端，飽更憂患轉冥頑，偶聽啼鴃怨春殘。 坐覺無何消白日，更緣隨例弄丹鉛，閒愁無分況清歡！

蝶戀花

窗外綠陰添幾許？賸有朱櫻，尚繫殘紅住。老盡鶯雛無一語，飛來銜得櫻桃去。 坐看畫梁雙燕乳。燕語呢喃，似惜人遲暮。自是思量渠不與，人間總被思量誤！

上王國維詞三首，錄自《觀堂長短句》。

【小傳】

王國維字伯隅，號靜安，浙江海寧人。光緒三年（一八七七）生。以諸生留學日本。早歲治詞曲，晚乃專力經史。適古文字器物出土者日多，因以其學識理董之，遂發前人所未發，爲世推重。晚主清華大學研究院，以民國十六年（一九二七）自沈萬壽山昆明湖以卒，年五十。身後遺著，彙刊爲《觀堂全書》，其《觀堂集林》則手定本也。

又有《人間詞話》，別徵卓識，爲學者所稱。其《觀堂長短句》一卷，經朱孝臧刪定，刊入《滄海遺音集》。國維論詞 "於五代喜李後主、馮正中，於北宋喜永叔、子瞻、少游、美成，於南宋除稼軒、白石外，所嗜蓋鮮矣。尤痛詆夢窗、玉田，謂夢窗砌字，玉田壘句，一雕琢，一敷衍，其病不同，而同歸於淺薄。六百年來，詞之不振，實自此始"（樊志厚序）云。

【集評】

樊志厚曰：君詞往復幽咽，動搖人心，快而能沈，直而能曲，不屑屑於言詞之末，而名句間出，往往度越前人。至其言近而指遠，意決而辭婉，自永叔以後，殆未有工如君者也。（《觀堂長短句序》）

陳曾壽①

八聲甘州

十月返湖廬，晚菊尚餘數種，幽媚可憐。

慰歸來歲晏肯華予？寒花靚幽姿。膩青霞微量，殘妝乍整，仍自矜持。休更銷魂比瘦，惆悵易安詞。潔白清秋意，《九辯》難知。　我是辭柯落葉，任飄零逝水，不憶東籬。早芳心委盡，翻怯問佳期。看鐙窗疏疏寫影，算一年今夜好秋時。平生恨，儘淒迷了，莫上修眉。

【評】葉恭綽曰：芳潔之懷，上通騷、雅。（《廣篋中詞》三）

蹋莎行　白堂看梅

石疊蠻雲，廊棲素雪，鎖愁庭院苔綦澀。無人只有暮鐘來，定中微叩春消息。　冷霧封香，紺霞迷色，慵妝悄淚誰能惜？一生長伴月昏黃，不知門外泠泠碧。

浣溪沙　孤山看梅

心醉孤山幾樹霞，有闌干處有橫斜，幾回堅坐送年華？　似此風光惟強酒，無多涕淚一當花，笛聲何苦怨天涯？

---

① 陳曾壽詞新版全部刪去，茲從舊版補入。

虞美人

傾城士女長堤道，各有情懷好。夢中池館畫中人，爲問連朝罷酒是何因？ 東風紅了西湖水，濃蘸燕支淚。輸他漁子不知愁，偏向落紅深處繫輕舟。

臨江仙

梔子香寒微雨歇，深深一院清涼。花梢斜月半侵牀。鐙青疏鬢畔，一點寫經香。 已分今生從斷絕，無端又著思量。千生無恙是迴腸。溫存涼簟好，今夜未成霜。

前調

修得南屏山下住，四時花雨迷濛。溪山幽絕夢誰同？人間閒夕照，消得一雷峯。 極目寥天沈雁影，斷魂憑證疏鐘。淡雲來往月朦朧。藕花風不斷，三界佛香中。

【評】葉恭綽曰：悽麗入骨。（《廣篋中詞》三）

浣溪沙　　己未，都門重遇雲和主人。

一片紅飄去不回，酒邊清管自生哀，眼明眞見故人來。 我隔蓬山餘涕淚，君歌凝碧費低徊，幾時花發舊池臺？

蝶戀花　聞露

獨夜始知涼月色。竹影移廊未覺成蕭瑟。微漾湖光熒暗壁，疏鐙影裏芙蓉白。　偷換流年情思積。草際煙浮，已了寒蟲纖。欹枕不眠聞露滴，心心只替秋香溼。

八聲甘州

甲子八月二十七日，雷峯塔圮。據塔中所藏《陀羅尼寶篋印經》，造時爲乙亥八月，正宋藝祖開寶八年，距今九百五十餘年矣！千載神歸，一條練去。末劫魔深，莫護金剛之杵；暫時眼對，如遊乾闥之城。半湖秋水，空遺蛻之龍身；無際斜陽，杳殘痕於鴉影。爰同悟仲，共賦此闋，聊寫愁哀。

鎮殘山風雨耐千年，何心倦津梁？早霸圖衰歇，龍沈鳳杳，如此錢塘！一爾大千震動，彈指失金裝。何限恆沙數，難抵悲涼。　慰我湖居望眼，儘朝朝暮暮，咫尺神光。忍殘年心事，寂寞禮空王。漫等閒擎天夢了，任長空鴉陣占茫茫。從今後，憑誰管領，萬古斜陽？

【評】葉恭綽曰：悲壯。（《廣篋中詞》三）

齊天樂　和彊邨

百年垂死當何世？因依更成輕別。費淚園亭，諳愁酒盞，歷歷前痕難滅。危雲萬疊。剩緘夢凄迷，雁程天闊。撥盡寒灰，墜歡零落向誰說？　蓬萊舊事漫憶，更罡風激盪，搖撼銀闕。本願香寒，孤光月隱，堪笑冤禽癡絕！枯柎坐閱。拚一往悲涼，爛柯殘劫。自懺三生，佛前心字結。

浣溪沙

書卷拋殘夜未殘，昏昏夜色淡林煙，一痕眉月媚冰天。 角枕倚時空舊夢，願香冷後證枯禪，儘無聊賴也遲眠。

揚州慢　憶煙霞洞梅

梅繡荒山，石威靜谷，舊遊最戀煙霞。向洞門徐步，幾度問芳華。記長倚半山亭子，昏黃月上，倩影橫斜。暈微紅墮砌嬌雲，仙夢非耶？ 一身萬里，膓而今慣住胡沙，儘湖水湖煙，也休暗憶，儂已無家。飄斷辭枝故蕊，曾何處不是天涯。漫拚將今世今生，長負梅花。

清平樂

笛聲幽怨，愁鎖深深院。月上林梢霞影淡，一笑天人初見。 空山雪閉雲遮，溫存絕代鉛華。待到千紅鬧處，故應不見梅花。

蝶戀花

萬化途中為侶伴。窈窕千春，自許天人眷。來去堂堂非聚散，淚乾不道心情換。 噩夢中年拚怨斷。一往淒迷，事與浮雲幻。乍卸嚴妝紅燭畔，分明只記初相見。

南歌子

　　雞唱催將息，烏啼續苦吟。半牀書蠹共銷沈，字裏淒迷時遇少年心。　塞雪連三月，時花抵萬金。年時刻意怕春深，不見春來春去感而今。

浣溪沙

閱彊邨詞，憶及望予南歸、懸榻以待者經歲，中間數寄詞相問，淒然有作。

　　花遲冥冥取次行，舊盟全負甚心情？蒸香灰盡也須驚。　懸榻經年虛望眼，寄聲幾度損吟魂？人天留影一彊邨。

鷓鴣天　丁丑九月，次惜仲韻。

　　衰病逢辰強舉觴，倚欄高處怯流光。曾無瘦菊酬佳節，看盡歸鴉掠夕陽。　樽未暖，意先涼，此心安處是何鄉？應憐倦影隨陽雁，猶戀巫閭絕塞霜。

前調

　　燕子嗔簾不上鉤，碧天有恨笑牽牛。今生只道圓如月，小別猶驚冷似秋。　天易老，水空流，閒情早向死前休。爐香隔斷年時影，未必新愁是舊愁。

前調

偏愛沈吟白石詞，只緣魂夢慣幽栖。扁舟一片長橋影，依約眉山壓鬢低。　無限好，付將誰？漫云別久不成悲。思量舊月梅花院，任是忘情也淚垂。

菩薩蠻

浮天渺渺江流去，江流送我歸何處？寒日隱虞淵，虞淵若箇邊？　船兒難倒轉，魂接冰天遠。相見海枯時，喬松難等期！

上陳曾壽詞二十首，錄自龍氏忍寒廬刻本《舊月簃詞》及未刊稿。

【小傳】

陳曾壽字仁先，湖北蘄水人。光緒四年戊寅（一八七八）八月十一日生。曾祖沆，號秋舫，嘉、道間以詩名，著有《簡學齋詩集》及《詩比興箋》行世。曾壽淵源家學，中光緒壬寅舉人、癸卯進士，歷官刑部主事、學部郎中、都察院廣東道監察御史。壯歲築室杭州之南湖，幽居奉母。中經喪亂，轉徙津、滬、遼左間。生平志事，百不一酬，而繁冤極憤鬱結侘傺幽憂之情，乃一寓之於詩。義寧陳三立、歸安朱孝臧推挹備至。性高潔，晚居滬上一斗室中，几榻蕭然，終日焚香默坐而已。一九四九年農曆己丑閏七月初九日卒。當六十歲時，朋舊為刊《蒼虬閣詩》十卷。其《舊月簃詞》一卷，初刻入《滄海遺音集》。余復取得未刊稿，別刻單行。（參閱《蒼虬閣詩》十卷本諸序跋）

【集評】

　　葉恭綽曰：仁先四十爲詞，門廡甚大，寫情寓感，骨采騫騰，並世殆罕儔匹，所謂文外獨絕也。（《廣篋中詞》三）

邵瑞彭

綺羅香

晚過神武門，殘荷欲盡，秋意可憐。

汎瑟煙昏，欹槃露冷，一鏡愁漪低護。夢墮瑤臺，長恐萬妝爭妒。念佳人路隔西風，思帝子訊沈北渚。怕相逢恨井秋魂，月明遙夜耿無語。　宮溝誰寫淚葉？回首霓裳換疊，繁華輕誤。玉簟香銷，零落羈塵殘步。便立盡門外斜陽，又暗驚晚來疏雨。問涉江此際聞歌，斷腸君信否？

夜半樂　戊辰中秋

素商荏冉行邁，青天碧落，涼露方諸瀉。應令節年年，月輪斜挂。絳河卷夕，金風盪暑，望中千里清光，鳳城如畫，照繡陌香塵暗隨馬。　故人此際引領，刻燭吟成，弄珠遊罷。簾幕外重重僊雲爭迓。舊情偷藥，新愁倚樹，爲誰起舞霓裳，廣寒宮下？聽吹笛高樓怨遙夜。　向曉惘悵，桂魄難修，翠鬟空亞。換小劫山河又衰謝，舉瓊杯深恨萬古常娥寡。濃夢裏那有驩虞話？薊門秋好終無價。

西河

十八年前，曾和美成《金陵懷古》，今再爲之。

征戰地，繁華事去難記？臨春殿閣委蒿萊，夜潮怒起。數聲鐵笛響秋風，哀歌人在雲際。 露臺上，和淚倚，轆轤古井繩繫。降幡又出石頭城，夢沈故壘。送他六代好江山，秦淮依舊煙水。 蜃樓過眼散霧市，訪龍幡羞認閭里。袖手夕陽時世，共齊、梁四百僧房閒對，零落丹楓霜天裏。

木蘭花慢　彊邨師挽詞

倚闌干望遠，亂山外，暮雲橫。訝海水禁寒，江關促夢，淒感平生。泠泠，楚歌舊譜，把商絃彈絕更誰聽？過眼完人有數，到頭天意無憑。 嚴城，鼓角夜三更，孤月此心明。話別殿春雷，空林夏雪，一例吞聲。騎鯨，歸來甚日？又要離家畔草青青。忍對瓊樓玉宇，重招河嶽英靈。

浣溪沙

楡生得顧太清《東海漁歌》卷二孤本也。亡友諸貞壯鈔本也。因憶昔年讀書醇邸，花時吟賞，屢興雍門之感。靈芬觸手，益難爲懷。賦短拍，寄楡生。

湖上春來翠作漪，樓頭人去柳垂絲，欲邀缺月酹蛾眉。 寒橐沿街更定後，涼風吹面酒醒時，滄桑殘怨費相思。

喬木平泉已就荒，一春煙雨困丁香，當年閒氣在閨房。 過眼青山銷粉黛，誰家玉笛唱伊涼，阻風中酒事尋常。

木蘭花慢　鄴城懷古

渡黃河北去，鞭不起，古漳流。想萬里風煙，三更燈火，殘霸中州。封侯壯心在否？聽西陵歌舞使人愁。高樹閒栖烏鵲，空階長臥貔貅。　平疇，落日下荒邱，怳慷看吳鉤。問傾淚移盤，沈沙折戟，誰記恩仇？回頭，漢家宮闕，臘鴛鴦瓦冷雉媒秋。欲喚南來王粲，爲君重賦《登樓》。

秋思　樊樓秋感，和夢窗。

嘶馬樊樓側，駐夢華前事，廢池苔色。高樹汴隄，亂莎梁苑，雲遏天窄。譜哀曲山亭，候蟲吟恨掩更抑。漾市帘，秋燄碧。把萬疊關河，六更風露，付與翠綃封淚，耐人尋憶。　聽徹，譙門弄，箭波錦繡慵飾。畫屏瑤瑟，恖恖催遍，謝郎髮白。漸月落參橫，夜闌征雁沈去翼。念故國，空記識。問換劫寒塵，滄桑何計避得？望切旌旗向北。

蝶戀花　四首

十二樓前生碧草。珠箔當門，團扇迎風小。趙瑟秦箏彈未了，洞房一夜烏啼曉。　忍把千金酬一笑？畢竟相思，不似相逢好。錦字無憑南雁杳，美人家在長干道。

東去伯勞西去燕。織女黃姑，歲歲還相見。玉露無聲銀燭短，有人遙夜停鍼線。　二十四闌閒倚遍。河漢盈盈，爭似紅牆遠？井上朱絲牽不斷，中庭誰唱《雙蕖怨》？

目極梁王臺畔路。千里浮雲，一夜西窗雨。倘使行人留得住，不辭化作長亭樹。　彈絕幺絃聲更苦！紅蓼花殘，河水東流去。錦帶吳鉤攜手處，小屏山上燕支暮。

冉冉中原歌舞地，疊鼓垂燈，夾道車如水。把酒勸君須著意，人生難得花前醉。　看遍千門桃與李。牽動遊人，隔岸拋蓮子。一路秋蟲啼未已，汝南遙夜雞聲起。

齊天樂

南海木棉，花瓣作輕紅色。榆生賦小令見示，報以此解。

天花飛下兜羅手，朦朧絳雲盈岸。夢蝶新巢，呼鶯舊里，勻作珠房嬌面。關河路遠。聽刀尺高樓，唾茸緘怨。淚迸征袍，故人心事歲寒見。　江南柳緜漸少，亂山烽火裏，蟲語淒變。鏡檻凝塵，機絲引月，禁得回腸千轉。珊瑚搗遍。怕彈徹哀箏，洗多紅淺。待叩通明，爲君晴到晚。

上邵瑞彭詞十三首，錄自《揚荷集》及《詞學季刊》。

【小傳】

邵瑞彭字次公，浙江淳安人。光緒十四年戊子（一八八八）生。清季入浙江省優級師範學堂，精研齊詩、淮南子及古曆算學。民國初，被選爲眾議院議員，嗣以反對曹錕賄選，著聲於世。其後歷任北京師範大學、河南大學教授。晚歲寓居開封，窮愁潦倒，於民國二十七年（一九三八）一月四日卒。旋值倭亂，遺稿散佚，僅有《泰誓決疑》及所爲詞曰《揚荷集》四卷、《山禽餘響》一卷，已於生前刻版行世。

【集評】

夏敬觀曰：次公爲詞，宗尚清真，筆力雄健，藻彩豐贍。近自中州寄示所作五詞，則體格又稍變，運用典實，如出自然，博綜經籍之光，油然於詞見之，蓋託體高，乃無所不可耳。（《忍古樓詞話》） 葉恭綽曰：次公詞清渾高華，工於鎔鑄。殘膏剩馥，正可沾溉千人。（《廣篋中詞》四）

吳　梅

翠樓吟　<small>秦淮遇京華故人</small>

月杵聲沈，霜鐘響寂，今宵故人無寐。湖山淪小劫，正風鶴長淮兵氣。南雲凝睇，又水國陰晴，千花彈淚。情難寄，庾郎憑處，自傷憔悴。　可記殘粉宮城？指暮虹亭閣，冶春車騎。玉京芳信阻，怕絲管經年慵理。人間何世？待冷擊珊瑚，西臺如意。秋心碎，板橋衰柳，莫愁愁未？

臨江仙

短衣羸馬邊塵緊，五年三渡桑乾。漫天晴雪撲歸鞍。郵亭呼酒，黃月大如盤。　苦對南雲思舊雨，杏花消息闌珊。新詞琢就付雙鬟。紫簫聲裏，但看六朝山。

清平樂　<small>題鄭所南畫蘭，次玉田韻。</small>

騷魂呼起，招得靈均鬼。千古傷心留一紙，認取南朝天水。　北風吹散繁華，高邱但有殘花。花是託根無地，人還浪跡無家。

桂枝香　<small>題龔半千畫</small>

憑高岸幘。愛面郭小樓，紅樹林隙。妝點晴巒古畫，二分秋色。高人去後闌干冷，笑斜陽往來如客。野花盈路，當時俊侶，梁燕能識。　但破屋西風四壁。對如此江山，誰伴幽寂？湖海元龍未老，醉嫌天窄。笛中唱到《漁歌子》，膡無多金粉堪惜。暮寒人遠，何時重認，舊家裙屐？（《詞錄》題作：《登掃葉樓倚王介甫體》，文句亦多竄易，此從《廣篋中詞》。）

上吳梅詞四首，錄自《廣篋中詞》及《忍古樓詞話》。

【小傳】

　　吳梅字瞿安，號霜厓，江蘇長洲人。光緒十年（一八八四）七月二十二日庚午生。專究南北曲，製譜、填詞、按拍，一身兼擅，晚近無第二人也。歷任北京大學、中山大學、中央大學教授，凡二十餘年。抗戰軍興，轉徙湘、桂間，以民國二十八年（一九三九）陰曆正月二十七日辛未卒於雲南大姚縣，年五十六。著有《霜厓三劇》，旁綴音譜，鏤版行世。亂中刪定《霜厓詩錄》《霜厓詞錄》，有石印本流傳。

【集評】

　　夏敬觀曰：瞿安爲曲家泰斗，其詞亦不讓遺山、牧庵諸公。近得其《霜厓讀畫錄》，題鄭所南畫蘭次玉田韻《清平樂》、題龔半千畫《桂枝香》、題王東莊畫《長亭怨慢》諸詞，豪宕透闢，氣力可舉千鈞。予嘗謂元初詞得兩宋氣味，不似明、清諸家墮入纖巧。曲盛詞衰，實在明代。元曲高過後來，正由繼兩宋後，詞尚未衰也。（《忍古樓詞話》）　葉恭綽曰：瞿庵爲曲學專家，海內推挹。詞其餘事，亦高逸不凡。（《廣篋中詞》三）

黃　侃

西子妝

二月二十三日，社集北湖祠樓，感會有作。

汀草綠齊，井桃紅嫩，共說尋春非晚。偶來高閣認前題，歎昔遊歲華空換。滄波淚濺，算留得閒愁未斷。憑曲闌，訝瘦楊如我，難招鶯燕。　追歡宴，卻恨東風，攪起花一片。酒痕唯解漬青衫，比當時醉情終淺。殘陽看倦，倩誰慰天涯心眼？待重來，又怕平蕪絮滿。

小重山令

二月二十五日寒食，遊高座寺。

馬腦岡頭石徑微。寂寥高座寺，掩禪扉。種松幾度旋成圍。人何在？春物鎮芳菲。　青史事多違。梅陵留廟祀，也崔巍。野棠如雪落還飛。南朝夢，一例付斜暉。

【評】葉恭綽曰：高華。（《廣篋中詞》三）
上黃侃詞二首，錄自《廣篋中詞》。

【小傳】

黃侃字季剛，湖北蘄春人。光緒十二年（一八八六）生。精究《爾雅》《說文》《廣韻》之學，爲餘杭章炳麟高第弟子。早歲遊日本，入同盟會。歸國後，歷任北京大學、武昌高等師範、南京中央大學教授。民國二十四年（一九三五）秋卒於南京，年五十。侃博學而不輕易著書，所批註《說文》《廣韻》，身後原擬由商務印書館以手稿影印，以倭難作，未果。傳世有《日知錄校記》（龍氏忍寒廬刊本）、《文心雕龍札記》（樸社印本）、《携秋華室詞》（金陵大學排印本）。

呂碧城

祝英臺近

縋銀瓶，牽玉井，秋思黯梧苑。蘸淥搴芳，夢墮楚天遠。最憐娥月含顰，一般消瘦，又別後依依重見。　倦凝眄，可奈病葉驚霜，紅蘭泣騷畹？滯粉黏香，繡屧悄尋遍。小欄人影淒迷，和煙和霧，更化作一庭幽怨。

【評】樊增祥曰：稼軒"寶釵分，桃葉渡"一闋，不得專美於前。

玲瓏玉

阿爾伯士雪山，遊者多乘雪橇，飛越高山，其疾如風，雅戲也。

誰鬭寒姿？正青素乍試輕盈。飛雲溜屧，朔風回舞流霙。羞擬淩波步弱，任長空奔電，恣汝縱橫。崢嶸，詫遙峯時自送迎。　望極山河冪縞，警梅魂初返，鶴夢頻驚。悄碾銀沙，只飛瓊慣履堅冰。休愁人間途險，有仙掌爲調玉髓，迤邐填平。悵歸晚，又譙樓紅燦凍檠。

汨羅怨　過舊都作

翠拱屏嶂，紅邐宮牆，猶見舊時天府。傷心麥秀，過眼滄桑，消得客車延佇。認斜陽門巷烏衣，匆匆幾番來去？輪輿寒鴉，占取垂楊終古。　閒話南朝往事，誰踵清遊，採香殘步？漢

宮傳蠟，秦鏡熒星，一例穠華無據？但江城零亂歌絃，哀入黃
陵風雨。還怕說花落新亭，鷓鴣啼苦。

陌上花

木棉花作猩紅色，別名烽火樹，和榆生教授之作。

丹砂拋處，峯回粵秀，茜雲催暝。絢入遙空，漫認霜天楓
冷。長堤何限紅心草，猶帶烽煙餘恨。又花悽蜀道，鵑魂驚化，
淚綃痕凝。　料吳蠶應妒，三軍挾纊，不待嬌絲緩損。臉暈濃
醒，豔鎖猩屏人影。鄂君繡被春眠暖，誰念蒼生無分？待溫回
黍谷，消寒同賦，絳梅芳訊。

瑞鶴仙

予昔有《齊天樂》雪山觀日出之詞。今遊炎嶠，
觀海日將沈，奇彩愈烈，更賦此詞，而感慨深矣！

瘴風寬蕙帶。又瘦影扶筇，楚香閒採。登臨感清快。對層
雲曳縞，亂峯橫黛。搴裳步隘，正雨過湍奔石瀨。戰松林萬翠
鳴秋，併作怒濤澎湃。　凝睞，陰晴弄暝，愁近黃昏，蜃華催
改。明霞照海，涫異豔，遠天外。竚丹輪半斝，迅頹羲馭，哀
入驪（平）姚壯采。渺予懷，此意蒼涼，更誰暗解？

上呂碧城詞五首，錄自《曉珠詞》。

【小傳】

呂碧城字聖因，安徽旌德人。光緒九年（一八八三）生。姊妹三

人，並工文藻。碧城與長姊惠如兼善填詞，早歲爲樊增祥所激賞。中年去國，卜居瑞士雪山中，專以弘揚佛法爲務。然興之所寄，不廢倚聲。第二次世界大戰起，始經美洲歸香港，民國三十二年（一九四三）一月二十四日病卒，年六十。（據《覺有情》半月刊龍健行撰：《呂碧城女士傳》。）遺命火化，骨灰和麵爲丸，投諸海中，結緣水族。初刊《信芳詞》行世。晚年復自刪訂，益以後來所作，彙印爲《曉珠詞》四卷，卷尾自識云：“慨夫浮生有限，學道未成，移情奪境，以詞爲最。風皺池水，狎而玩之，終必沈溺，凜乎其不可留也！”亦足覘其志趣。

後　記

　　詞興於唐，流衍於五代，而極盛於宋。唐宋人詞，以協律爲主，其所依聲譜爲尋常坊曲所共肄習，文人寄興，酒邊命筆，紅牙鐵板，固可一一按拍而歌也。宋南渡後，大晟遺譜，蕩爲飛灰，名妓才人，流離轉徙，北曲興而南詞漸爲士大夫家所獨賞，一時豪俊如范成大、張鎡之屬，並家畜聲伎，或別創新聲，若姜夔之自度曲，其尤著者也。嗣是歌詞日趨於典雅，乃漸與民間流行之樂曲背道而馳，駸衍爲長短不葺之詩，而益相高於辭采意格，所謂“詞至南宋而遂深”，實由於是。且自蘇軾作爲橫放傑出之詞，以發抒其性襟抱，於是作者個性，益充溢乎字裏行間。姜夔以雋上之才，運清剛之筆，兼通音律，卓然以自名家。二派分流，千秋競爽。明乎蘇、姜各擅其勝，不妨脫離樂曲，而自成其爲富於音樂性之新體律詩，持此以衡宋、元以後之詞，而其起伏盛衰之故，可得而知也。元、明詞學中衰，文人弄筆，既相率入於新興南北曲之小令、散套，以靳能被管絃，其自寫性靈，則仍以五七言古近體詩相尚，於是詞之音節，既無所究心，意格卑靡，亦至明而極矣。夫所謂意格，恆視作者之性情襟抱，與其身世之感，以爲轉移。三百年來，屢經劇變，文壇豪傑之士，所有幽憂憤悱纏綿芳潔之情，不能無所寄託，乃復取沈晦已久之詞體，而相習用之，風氣既開，茲學遂呈中興之象。明、清易代之際，江山文藻，不無故國之思，雖音節間有未諧，而意境特勝。迨朱、陳二氏出，衍蘇、辛、姜、張之墜緒，而分道揚鑣。康、乾之間，海內詞壇，幾全爲二家所籠罩。彝尊倡導尤力，自所輯《詞綜》行世，遂開浙西詞派之宗，所謂“家白石而戶玉田”，亦見其風靡之盛矣。末流漸入於枯寂，於是張惠言兄弟起而振之，別輯《詞選》一書，以尊詞體，擬之“變風之義，騷人之歌”。周濟繼興，益暢其說，復撰《詞辨》及《宋四家詞選》以爲圭臬，而常州詞派以成。終清之世，兩派迭興，而常州一脈，乃由江、浙而遠被嶺南，晚近詞家如王、朱、況、陳[①]之輩，固皆沿張、周之塗轍，而發揮光大，以自抒其身世之悲者也。然則詞學中興之業，實肇端於明季陳子龍、王夫之、屈大均諸氏，而極其致於晚清諸老，餘波至於今日，猶未全絕。論近三百年詞者，固當以意格爲主，不得以其不復能被管絃而有所軒輊也。物窮則變，來者難誣，因革損益，期諸

---

① “陳”新版作“鄭”。

後起。繼此有作，其或別創新聲，以鳴此曠古未有之變局[1]乎？是固非區區之所逆料，而三百年來詞壇盛衰之故，與世運爲倚伏，蓋庶幾於此帙覘之矣。一九四八年，季春之月，忍寒居士書於金陵病榻。

一九五六年三月三十一日，重訂付印。

心緣物感，情隨事遷，風氣轉移，胥關世運。然而因革損益之故，固自有其消息可參也。喜見河清，境皆新闢。舊時選本，已多不適於來者之要求。頗思更就唐宋以來，迄於近代，別選長短句歌詞二三百首，略加銓釋，藉供借鏡。而有懷未就，漸疚滋深。閒嘗得句云：“要將填海移山志，迸作鏤金戛玉聲。”倘爲讀吾兩種舊選者所共鞭策乎？

一九六二年七月十日，重校附記。

---

① “局”新版作“遷”。

出版後記

　　龍榆生先生編選《近三百年名家詞選》，後記題爲一九四八年，一九五六年九月始由上海古典文學出版社出版。按此書緣起，應在三十年代先生教授詩詞史及清詞課程之時；到此書編成時，先生既經各種歷練，已是風雨如磐，艱苦挫跌。但反映在書裏，則唯在一片學究氣的平靜之下略有波瀾——例如陳曾壽的小傳裏寫到"生平志事，百不一酬，而縈冤極憤鬱結幽憂之情，乃一寓之於詩"（二二〇頁）。

　　一九六二年，此書再版。龍榆生基於當時情勢，對其書頗有刪改，最重要的便是刪去了陳曾壽的全部二十首詞作。其他改動相對次要，以根據新材料所做校正和手民誤植處的訂正爲主。此後上海古籍出版社於一九七九年重新出版此書，註明根據一九六二年版重印，刪改也一仍其舊。直到二〇一四年，上海古籍出版社在出版《龍榆生詞學四種》時收入本書，才註明"恢復了在特定歷史背景下刪除的詞人詞作，還本書的原有面貌"；然除補入陳曾壽的二十首作品外，其餘修改並不曾涉及，故而尚非“還本書的原有面貌”。

有鑑於此，我們此次重新整理出版本書，即將一九五六年版（簡稱舊版）和一九六二年版（簡稱新版）進行對勘，力求給讀者提供最符合實際狀況的校訂本。具體工作如下：

一、以一九五六年九月上海古典文學出版社版爲底本，還原此後版本刪改的內容。

二、以一九七九年十月上海古籍出版社版（註明據一九六二年版重印）參校。新版對舊版考據不足以及手民誤植的改動均從新版，並酌出校注標明。

三、原則上不以其他版本進行校訂，只對明顯的誤植做了改動。

四、原書表示句讀韻腳的符號絕大部分照移，僅有個別訂正和補充。